①

②

①在九鲤湖瀑布前（1961）

②在崇武半岛海边（1980）

①

②

①在泉州清源山摩崖石刻前（1980）

②在神农架巴东垭（1982）

①

②

①上华山（1983）

②在无锡善卷洞前（1984）

①

②

①在中印边境的洛巴村（1986）

②在西藏（1986）

①

②

①在布达拉宫前（1986）

②在雪格拉山（1986）

在哈尔滨（1993）

①

②

①在闽南

②蔡其矫的收藏

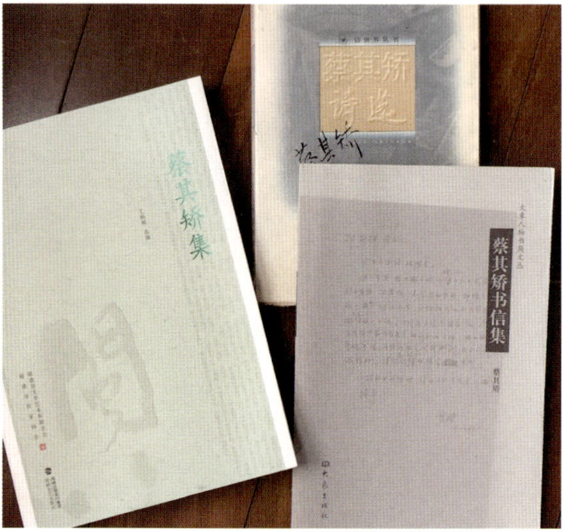

①

②

①作品与书信集书影

②部分诗集书影

蔡其矫全集

王炳根 编

第四册

诗歌

1982.8—1991

海峡出版发行集团
海峡文艺出版社

目　　录

1982 年

1983 年

1984 年

1985 年

1986 年

1987 年

1988 年

1989 年

1990 年

1991 年

⊙ 1982 年

青 麻 地

一条条平行线
把绿色倾泻到整个天空
笼罩大地的青干翠叶
人如天女散花落苍茫
或弯腰像在寻找
或起身向沃土观望
双手在瞬间刺绣
两肩担着云的亮光
铺开一条道路向无穷

1982 年 8 月 4 日

（首发于《诗刊》2002 年 9 月上半月刊）

诃利蒂南

至善至美的女神
永恒的妇人
仿佛是一首牧歌
响动在清新的早晨

从涂满血渍的命运
透明之心猛醒
看了你就不必怀疑
过错可以用泪洗净

裁决美丑的无尽纠纷
证实灵肉的一致性
以乞讨度日
为了众生安宁

那虔诚韵致的目光

完全善良的纯真
如同秋高气爽的晴空
一片深沉的平静

莲花般鲜润
诱人神秘的青春
从未目睹的动人风采
是人性胜利的象征

1982 年 8 月 7 日，大同
（收入《迎风》等）

胁侍菩萨

狭小空间的广大想象
扫除一切人世羁绊
雍容华贵的半人半神

慈爱展开于眉宇
倾心的话犹在齿唇
无垠夜空闪闪的星辰

微闭双眸冥思永恒
满怀诚挚地合掌
祷告的细语触动灰尘

泫然欲泣为生之沉沦
头顶负着思想重载
毫无缺乏却伤感日深

不需道出的情意
如风的流动水的粼粼
烧尽尘情只留爱心

微不可察的叹息
是怨嗔，还是欢欣
手指弹却沉重的睡眠

美感溶软人类的心灵
解脱恍惚在槛外
新的崇仰由之诞生

1982年8月7日，大同
（收入《迎风》等）

右玉新歌

天边有白云
原上有羊群
开满各色野花的高地
一纵一横
像一幅锦绣的被面

透明的空气充满草木香
黄花蓝花都睁着醉眼
在色彩包围中
一群群鸟儿
都忘记了飞翔

叫人高兴的姑娘们
如画的弯眉
矫健的步子
使所有道路都飘彩云

大地泛起如星波纹

人力创造的风景
改变了从前的荒凉
千年忧伤的历史
记载艰难的出塞路
如今只留有烟墩边墙

马上弹琵琶的昭君
曾在这路上拨动哀弦
对着平沙和浊浪
滴下告别家园的热泪
山河久久为她伤感

从前风沙的边关道
现在绿杨如水草如烟
自豪的人创造的新园林
把历史用脚跟擦去
微笑一直传到远方草原

点点滴滴的秋雨
送着车轮寂寞的沙沙响
带我走入林下紫花路
高树低树摇动尖塔
满地蘑菇如繁星在天

湿风重新找到落脚地方
树根闪射雨苔的金黄
枝叶变得黝黑
雨点都成了水晶
轻轻掉在花草软毯上

锦色山雉在灌木间徘徊
黄白色野兔纵身跃起
浓密空气浮着蝴蝶
林边排列蜂箱
第一次听到久违的鸟声

登高纳尽无边的景色
雨云下绿树连天远
谁能想象身边曾有沙漠
云山长林发青光
唯有山尖烟墩在林丛上

河边的灌木林
藏着小鸟的青青树枝
发出鸣声多么娇嫩
希望的绿光在心底呈现
说出美是怎样产生

生态平衡已半实现
人类的错误将沉入遗忘
向历史的候鸟告别
风中再无黄沙和边尘
我们胜过先人

1982 年 8 月 9 日，右玉

寒山寺的忧伤

远古的钟沉入海底，
后来的代替竟是舶来品；
当时抚慰行客的音波
不再对着自己人。

黄墙黑瓦间的石碑，
围着宁静古诗的爱慕者；
用他邦的长调吟诵，
更增添夜半伤情！

两岸对望的石桥，
真不敢相信会这么靠近；
辽阔的江天消失了，
旅愁怎能产生？

当记忆变异令人彷徨，

胜过一首诗留下的大量疑问。
霜天下的愁闷长睡不起，
我是多么需要新的钟声！

1982 年 11 月 10 日，苏州

（收入《迎风》等）

冬 至 日

催春阳气要回未回，
稀疏冬雨压落灰尘，
冲开寒霜冷雾的封锁
山谷梅树已暗结花蕾。
淡日西沉，
彤云四起，
但看不尽的波光
无穷的晴翠，
远客闲散，
独惜年时，
即使是野梅数朵
新笋几枚。

1982 年

（收入《福建集》等）

翠　鸟

湛蓝的海一小片，飞翔
在清水河的急流上
无声向辽阔田畴
展开炫目水晶的翅膀
一只鸟唤醒了风
使山和
树都流动
我的目光追随它，有如希望
消融在青色里
隐没到绿光中

1982年

（收入《蔡其矫诗歌回廊·翠鸟》等）

紫　　雾

草叶草茎失了踪迹
雨天阴影中几抹光明
有如夕阳余晖照在岩上
疲惫的心忽然欢欣
高山的寺院凌空飞起
当野苜蓿花开得很茂盛
年轻的树枝
以为这是朝云
便奏起赞颂的歌声

1982 年

（收入《蔡其矫诗歌回廊·翠鸟》等）

锦　坡

开花的坡地是爱的风景
一身披满五颜六色
照耀像繁星
狂欢像潮水
因为过于灿烂
使雨云阴山蒙层灰黑
矢车菊的蓝眼睛注视废墟
山谷沉浸在思考里
宽宏大量的色彩
温柔中揭示一个真理
自然美多于我们的经验
语言无法描述
一心只想仰卧在花丛中

1982 年

（收入《蔡其矫诗歌回廊·翠鸟》等）

杨　树　林

北国怀中的南方山乡
一根根白柱静立
被沉默充满
一只只眼睛凝视
为凄清哀伤
好比一泓静水
在啜泣之前大地的痛苦
使我心碎
寂静在阴影下僵凝
俯身与草叶飘零
浓绿幽思中
幻梦在夜色涂染的叶上
与静寂相爱如醉

1982 年

（收入《蔡其矫诗歌回廊·翠鸟》等）

雨中山

山岳好像一把无边的伞
披落纷纷的水的发丝
天的秧田抛散绿云
阴黑的金刚石银光闪熠
有如深心的波动
和风使人柔软
当青草发黑，石头生辉
大地亮色的形体
是注满激情的高脚杯

1982 年

（收入《蔡其矫诗歌回廊·翠鸟》等）

葵 花 田

一朵朵金色的眼瞳
都朝着一个方向凝注
千千万万个小太阳
落在淡紫葱绿的大地
圆形脸盘
张开璀璨的发须
光的波浪，光的墙壁
创造一个黄金季节
与我们的心融合为一

1982 年

（收入《蔡其矫诗歌回廊·翠鸟》等）

华　清　池

透明的水柔软
千古意念温馨
密树层层围护的宫院
《长恨歌》爱情开始的地方

感人是天长地久的誓愿
不忍心结局太悲惨
诗人怜惜血肉中一点灵魂
从深渊捞起跌落的光明

正因为时世艰辛
爱情虽死犹生
鸟儿飞去树长青

面向险恶的世道挑战
浪涛下多少沉船
风帆依旧前进……

1982 年

（收入《迎风》等）

洛　河

为一首古代的恋歌沉吟至今
我由你秋雨零落里的闲云
和远处随风飘摇的发的波纹
照亮了心。

在那里，多情的星逝去千年
再难寻雾一般的轻绢长裙
人神之爱不能遂愿
只留历史与沉静。

但是诗却教我死非永久
爱情以一息获得长存。
那里，空蒙绿岸的恋人
爱的歌声在万年呼吸中回应
我那乍阴乍晴的河面上
总有时隐时现的明眸素颈。

关键就在于
想象与现实绝不相等
多情善感的女性
并非天妃水神

1982 年
（收入《迎风》等）

伊水的美神

静静地在露天下岩壁入定，
以半启半闭的眼睛
自一座毁坏了寺址上
蕴藏着无穷爱心
亲切接纳万方朝拜；
面对浅河冷滩
越过千年的苦难
如水的沉静俯视向我灵魂灌溉，
仿佛听见时间低沉的呼吸
震颤着微笑般的乐声。

幻觉的朦胧中
这颜脸所具有的魔力
已平息我的心事，
曾负重载的希望的挽歌
不再是忧伤

它在慈祥和肃穆中消融；
无名艺术家创造的神
把善和美
引进第一个拜谒者的灵魂：
仁爱在沉默里
自由在飞升中。

左右两旁，数不清的洞窟
展示她的居所，
无声的穹窿
峥嵘四壁
幽暗久废的殿堂
迥异于向来的寺庙古刹；
石头的神龛上
象征光明的火焰煌煌，
飞天的乐伎翱翔在屋顶
翅膀的啸声激起空中波浪，
巨莲、飘带、排箫横笛
一起组成激情的漩涡，
迷乱一切走近的人，
仿佛进入天际
目睹另一个情感的世界
而流连沉醉。

这一切的中心

是准确奔放的线条
勾勒出人体的美，
是珠光宝气的胸围和腰身
柔软而光滑
有如银装
有如星云；
灵魂就乘在羽龙背上
从深渊凌空升腾。

那半明半暗的莲座，
那飘带旋起的阵风，
那精细的石头的散花，
那伞盖、尘拂、香炉和侍从，
那光轮和四射的琴声，
奋起的字墨，
鲠直的笔画，
飞动的弧线与光点，
都是热情的语言，
都以不死的寂静思想
指示心灵解脱的进程……

时间剥蚀的雕痕
又为千年的风咬伤
向一望忧郁的水
静默的空旷，

白日照见斧凿破坏的斫迹
叫人心沉泪涌！
我多么希望也同先人一样
再造一尊艺术的神：
和平，宁静，无忧无畏，
心孕满着美和热望，
在劳顿的人生跋涉中
慰藉一切冤苦
归回到爱的信仰。

1982 年

（收入《迎风》等）

葛洲坝泄洪

怒涛黯淡无光
狂风乱舞是因为激动
纷纭沸腾火山溶浆
从中盛开一朵巨大金菊
彩虹自天空落在水上。

一如大地痛苦的眼睛
天崩地裂时的凝视
用美的微粒组成希望之光
在洪流的串串雷声中
把心的宁静撞碎！

1982 年

（首发于《湖北画报》1982 年，后收入《迎风》等）

兴山高岚

奔赴三峡的群山
异乎寻常地被幽闭
世界诞生时留下的净土
耸天的怪石奇峰
向我开放一排排的花蕊。

远古余烬中的灵魂
处处都找得到象征
纵开巨口或向开仰卧
连同所有梦尖的枝枝叶叶
都是绝对的沉寂。

1982 年

（收入《迎风》等）

屈原沱赛龙舟

看得清横流对船的冲击
好比藏着雷电的浮云
涌来时有声有势
衬托出七条龙船的轻灵：
七种色彩的离弦飞箭
七条舞动的缎带有如虹影
喧动在呐喊和锣鼓声中。

长江流的不是水，而是歌
唱出人的伟大和神圣
中华儿女从这歌中
学会安排自己的命运：
像他那样摆脱了怨恨
像他那样反映众人赤心
像他那样获得不死的生命！

1982 年

（收入《迎风》等）

飞天之歌

一

千年的岩壁上
御风的女神
丰满圆润的面型
如外层空间的航天人

不受造象量衡的约束
升华而美化
自由飘浮在空中

升起，升起
旋卷的飘带飞动
伸腰以手臂拨云
留下每一个美的姿态

对非现实世界的憧憬
舍弃步伐的年代
出现比羽人更理想的翱翔

一切幻想都因为痛苦
大地涌动悲伤的泪
笔画锋利如刀
是画工们倾吐千年屈辱

再加以推波逐浪的花草
以同一速度流转运行
满壁都是风声

二

宗教的深情
无邪的神秘爱抚
心中欢喜无量
脱身上衣以供奉佛

极乐世界的往生灵魂
生在七宝池中
都是莲花的化身

从天宫凭栏的伎乐群中
投身下界
迎风飞扬的垂饰响动
曳地长裙化作飞虹

一尘不染的挚爱
向往欢乐无穷
抵抗历史的风霜

没有一丝羞涩的袒露
是最美好的生命之杯
以天体的柔情
给人世温暖

飘逸的秀骨清相
是灵魂不死
以感官的快乐作证

三

曙光的颜脸
长长的湿发
纤纤素手似雪
赤露肩膀映照晚霞
在星辰的海中仰泳俯泳

无风之时也飘着
盘旋在气流中

拥抱一天的风
在没有路向的天穹
微波般推进
一切都柔软如梦幻

不知疲惫的飞翔
把天拭抹干净
有更轻清的大气可供呼吸

千瓣菊花在九霄舒展
周天都是盛开的玫瑰
被永恒保护的胴体
纷纷飞向梦境

没有重量的星
热切地审视大地
以无声的冲波倾注希望

四

闪烁的银光
明亮的水晶涟漪

在天籁无语中
星光垂下沉默的影子

空无的青云之路
激浪覆落身后
渴求绿野在远方

太空晨曦长驻
一如钻石永生光辉
星星嬉戏在碧水
朝霞繁花似锦

通往天河的路上
倾听千年云的喧哗
报晓的钟声四起

1982 年

（收入《迎风》等）

开　　封

黄河有多少次决口
把千年皇城埋在地下
已摧毁如花，消失如影；
曾是水路交通的中心
《清明上河图》的舟楫
也被吞没如溶化的冰；
繁华不永久
荒凉留到如今。

包拯的南衙
杨家将的天波府
发光生辉在亿万颗心；
铁色的琉璃高塔
耸立在淤平的夷山上
经受无数次飓风和地震；
苦难最多者
生命历久长青。

1982 年

（收入《醉石》等）

古吹台——禹王台

无论是师旷的吹音
无论是李白杜甫的酬唱
都敌不过滚滚洪涛
在人民心头引起的敬畏
因此大禹
是无处不立的神

可怜的是时代
一任暴力践踏欺凌
什么文化也难超生
什么遗迹都带伤痕
只有那花，那树
能够逃脱永劫的沉沦。

1982 年

（收入《醉石》等）

中　　原

绿野流荡泥土气息
总有萧瑟寂寞的情思；
历史是诗歌的经线
怎不惹起怀古的飞絮？

先祖的土地
传说中的升平禅让
为举荐更高智慧
贤者不坐帝位

从巨象绝灭、森林消失之后
水旱和暴政双双统治
造反必定称王
干戈角逐世代不竭

宗谱常提到的地方

泪水淋湿所有象形文学
闯遍蛮荒的放逐者
把苦根栽到天涯海角……

如鳞楼海从城市升起
拥簇双塔在晴空耸立
唯有这高处的寂静
接纳了思恋故土的心事。

1982 年

（收入《醉石》等）

大　河

日夜奔流向海逝去
也没能把历史和贫困带走
自由不能达到的地方
只有惨痛的记忆
永恒的河啊！

从老远地方来探问
你的广阔依旧无物
丁字坝下仅有一只船
烟水中无生命似的栖息
这并非昔日

自从懂得使用石器
黄土层下埋没多少繁华
怅望千秋的遗恨
总未制服你

因为一切变更很少
所以不觉时间的流逝
灵魂渴想的清水
至今犹是泥泞。

1982 年

（收入《醉石》等）

龙门石窟

一

驰过平畴，来到
伊水的天然门阙
两山相对峙立
好比鬼斧神工劈开

中间一条河，素练衬青带
叫人忘却人世思虑
翩翩冥想，从历史的
高山峡谷飞来。

穿过蒸腾紫雾，踏步
泓溢的漫流
锣鼓洞前，观澜亭上

都不过是入境的必要点缀

只有那些深邃洞府，那些
成千上万的苗条形体
在紧密流畅的衣纹之下
幽暗中的石莲才忽现异彩。

二

半壁飞翔，围绕宝盖
迎风，天衣飘舞中落在
荒芜冷漠的岩上
转瞬间百合花傲然怒放

使周围香气四溢，仿佛
爱情不能用言语表达
要以动作，以神情，以
静默中的矜持端庄

暗示出来。以丰满面相
庄严中含着温和笑容
秀丽典雅的项间横纹
生动地现在胸部隆起之上

从这充满束缚的世界

获得自由，通过非人间的信仰
把人的胴体神秘化
用青烟缭绕中的幽光。

三

因为今生错过，才从前代
记忆暗恋着的形体
比现实更为完美
魂梦中寻觅过无数次

那就是女皇的再生
华山圣祠传奇的重演
在人世之外，低回天上乐音
带着古代彻骨的寒意

这是辗转思念中的恋人
在林莽和沙漠之间
在空茫的远星之外，最诚挚的
脉脉目光，在眼睫阴影里

藏含怜爱，波动在
幽深的大气层，如眉新月
在不可及的高度展开
寂寞且带愁思。

四

一颗被时空远隔的心
在虚无中临近，莫非
这是男子，未聆听乐园福音
绝望之后，把佛雕成女性

可怜的幻想，在无人看见的深潭
跌荡无希望的爱情
却被一双眼睛摄取，她怜悯
一切忠诚的仰望，于寂静

天籁的恋曲中，呈现了
寤寐以求的玉色宝相
意念在古代的天空飞驰
为想象的风所激扬

为什么大佛之旁还有嫔妃
披一袭藕色轻衣，娇娆飘洒
被风雨和时间冲洗
在烟霞中发光?

为人世所不完全了解的
极为复杂的人类幻梦

催人入迷而又容易消失
所以要找这条河，这片荒凉

把瞬间的爱慕之情，寄托
人神交往，以不可企及的神相
把日益纯净的心
留在千年不朽的艺术中。

五

给我以永不满足的人间爱情吧！
在衣着和裸体的边缘
死于古代一场热情
复活于现实的火山上

开垦生活的沃土，突破
一切界限，磨锐发掘的目光
进入新领域，不是迷仙踪
不是误入帝王的后宫

在海枯石烂之后
获得无限丰富的新时代
理应有比从前更辉煌的山川
更无尽延绵的地平线

六

雨中开花的树，山头
发亮的云，在这古老天地间
为年轻一代打开被封闭的生活
于离去之前，再造新的循环。

1982 年

（收入《醉石》等）

碑　林

多么美丽的象形文字！

不灭的风丝雨迹
在黄昏
密密层层的星辰
缤纷的花絮
千姿百态的花枝
刚直的梁柱
锐利的锋刃。

眼前一片玲珑
具有感人肺腑的力量
苦难中的沉思
真理面前的虔诚
对奸贼拍案而起的愤怒
临风玉立的飘逸不群

一切艺术都因为动情。

跟大自然一样
千百种个性
体现在花瓣的璀璨
柳条的轻盈
从心里涌出的波浪
对万物的柔情
能传千年的回声

命定要废止的
神秘之花
尚未凋谢在碑林。

1982 年

（收入《醉石》等）

灞 桥

想不到
灞河竟是这样宽
灞桥竟是这样长
离愁别恨的心
怎能经受久久的折磨
所以要折杨柳
使眼睛增点绿意
走过这段送别的寂寞荒凉

1982 年

（收入《醉石》等）

青 海 湖

比历史悠久的海
是怎样被孤立
被放逐在遥远的高原上
失去了兄弟
失去了潮汐?

北面来的沙漠风
西面来的戈壁云
南望昆仑在烟雾中
为什么水草丰富的地方
成了古战场?

年轻气盛的霍去病
贪功的哥舒翰
擎起带长旒的旗
摧动忿然冲杀的坐骑

相斫的白刃如雪片纷飞
强兵静边的雄图
为什么都落空？

遥看金山的烟尘飞
登阵的大宛马
控弦的阴山儿
斗兵在开阔的天宇下
战气连云
草没马蹄

红胡绿眼的回纥将
老于沙场的吐蕃兵
晓战杂金鼓
吹笛大军行
几阵短兵相接之后
谁是败马向天悲
谁是缚得王者归？

漠漠荒野无城郭
唯有戍楼相望
狼烟垂直
往来俱是旗枪与刀箭
平沙列营幕
白骨傍草根

入夜塞风送哀笛
士卒泪双垂……

这一切虽成历史陈迹
创伤却未长好
祖国袒露的胸膛上
波涛太寂寞
草野太空旷！

1982 年

（收入《醉石》等）

夜 光 杯

请用纤细的手指
高高擎起
不要为往事如烟忧伤
那支远古的悲歌
已沉入杯底
当夜风在凝碧的杯面吹动

星月在绿云之上沉默
沉默后面
溢满历史的芬芳
旋成薄冰的
黛色石头
闪射剑士视死如归的目光

沙场琵琶声
已不再闻

酒泉四野宁静安详
晶莹里映现润湿的眼睛
珠的魂魄
照耀在初阳杯中

1982 年

（收入《醉石》等）

嘉峪关

天际
辉耀祁连山上的雪峰
和连绵黑山斑驳的云影
十五公里的峡谷中
一座雄伟壮丽的关城

对着沙漠吹来的热风
角楼、敌楼、箭楼寂然无声
仿佛是在空虚的边境上
雄姿凌云
气势峻峭逼人

关城、瓮城、罗城和边墙
万里的终点
比哪一段都完整
越过纵横起伏的御障

西望瀚海铺天如云

东望高炉烟囱成阵
嘉峪关市笑容明净
不需泪眼吊荒凉
往昔和现在
都有深情

1982 年

（收入《醉石》等）

阳　关

为有一首绝句
后来变成了歌曲
在送别时候反复叠唱
于是你成忆念
在一千年中
谁都对你想望

事实是一场洪水
不知在哪一年
把你变成为古董滩
不见经传
旅行者从你的废墟上
捡拾玉石和铜钱

到现在，只好从烟墩残迹
猜测你的方位

面对荒滩默然兴叹
这就是诗的力量
每一颗砾石中
遥远年代的回声震响

前面是几十里的林场
串串葡萄有如当年泪光
岁月老去，转化为儿童
原来时空永远都在变动

1982 年

（收入《醉石》等）

阴　山　下

曾有谁在欢宴中
唱家乡的歌泪涌涕零
他才是真正感应
这原始的粗犷

曾有谁戎马倥偬
尝遍远征的万苦千辛
那最深沉的乡音
才能千古咏诵

时间多么无情
车辆起红尘
已罕见牛羊

兴起连绵的城
如今的短草
在山后远方

1982 年

（收入《蔡其矫诗选》等）

蒙古歌声

从强壮的腹腔涌起
经宽广的嗓喉流出
歌声向心灵倾诉
转为低沉的驼铃叮当

有如草原的鹰
在高空飞舞翻滚
为了蒙古的土地
思念英雄嘎达梅林

有如湖泊照蓝天
溪水在绿草中蜿蜒
为了孤寂的生活
怀想娇柔的韩蜜香

心事化作一片韵律
追随南飞的大雁

1982 年

（收入《蔡其矫诗选》等）

日　月　山

冲开怒号的北风，登上
浅绿色草原上暗绿色的山
阴暗的云雾四面汇合
唯独山头倾注阳光

红字的石碑黑发飞扬
文成公主驻马眺望的地方
狂暴的岁月只能造就荒野
联婚仅是一朵奇异的花

这花开放在时代的顶端
又被穷兵的战氛吹断
终古吹打长草成浪的风
至今仍在无物的空山旋转

1982 年

（收入《蔡其矫诗歌回廊·伊水的美神》）

云冈石窟

你啊，塞上的光辉
古战场开出的一朵玫瑰
游牧人的王朝有了你
一千五百年后尚留痕迹。

混淆告别和引进的时代
并没有狭窄的传统要保守，
来自旃陀罗的艺术，开创了
综合中外文化的先河。

雕刻不是巫术，千年来
形象向后代说话，
贫贱者的匠心和愿望
远远超载了宗教。

幽香游走石头的身躯

肌肤饱含着弹性
无始无终的意象，默默中
撞击我的心灵。

拍天飘带，会飞的衣衫
伎乐天在洞顶展翅，
弦声与花草一同震响
把人卷入众梦中。

生命向一个希望追求
渴念神明如渴念曙光，
感情化成石的语言
狂热中注满哀痛。

柱上千佛盘腿端坐
爱和慈悲在每一尊的嘴角，
潮湿灵魂发出生动微笑
永远不会从石壁隐没。

虽然不再是山堂水殿
也无烟寺相望，
低低的残冈有如破城
风雨尚未把一切消灭。

盗往海外一千四百驱

斧凿遗痕新鲜如昨，
肃穆旋律里的巨大忘却
往神圣的歌调中渗进感伤。

可怜的孤独淹没了你
以时间暗夜的潮水，
阅读破壁残雕
犹是历史的巨著！

1982 年

（收入《蔡其矫诗歌回廊·伊水的美神》）

大同九龙壁

黯淡中的生命
数百年来呼吸蠕动
在一条精心设计的浅水上；
宏大的影壁
几乎是云天下直立的浅水上
永远闪动波纹的反光；
前人绚丽的智慧
鳞甲缤纷的巧夺天工
照耀在每一个晨曦夕阳。

1982 年

（收入《蔡其矫诗歌回廊·伊水的美神》）

昭 君 墓

茫茫的土默川
永恒的青冢
无边平野涌起孤单巨浪
是不是草原一声呼唤

是不是解除战乱
留下这青葱的记忆
宛如绿色的火焰
抚慰冬的雪原

鲜花开遍四周
瞻仰的人流不断
把大地吻成甜美
扫尽腐朽哀伤

死亡之上的生命
把两大民族结成一团

1982 年

（收入《蔡其矫诗歌回廊·伊水的美神》）

边　墙

外长城已经解体
巨砖全被剥光
大都成庄稼的平地
留孤立土堆遥遥相望

塞上不再属于往昔
山脉静默无声
历史辉煌已成过去
大地期待着新足音

四围是和平的静谧
不再有弥天风云
千年来的怨叹落泪
留给古老的诗文

严峻岁月的风
低回在繁花绿草中

1982 年

（收入《蔡其矫诗歌回廊·伊水的美神》）

敖包上望草原

伟大的土地
生命原始的哺育所
我出生之前就属于你
一首熟悉而被遗忘的歌
大自然古老的感伤
又在我心头震颤

游牧祖先的呼声
从遥远的往昔传来
当烽烟升起
跃马持刀来汇集
奉命抵抗或出发远征
残酷的杀戮连绵不断

那是世界的少年时代
生活在一片混沌中

当成熟世纪来到
你已黯淡飘零

1982 年

（收入《蔡其矫诗歌回廊·伊水的美神》）

莲 花 山

二十年的梦想终于实现
峡谷的钢城有了公园
让我们沿着柏油路上去
再踏出几步台阶
手扶栏杆
仰望巍峨青翠的高峰
俯视连绵楼海
那溪流、桥梁、烟囱
那雨中飘动的淡雾轻烟
都比往常好看

没有人工衬托
大自然的美不显著
最华丽的森林也要有小路
美人也需要淡妆薄粉
西施还要有范蠡教养……

但人工也有新旧
大观园离不开王府
古老造型怎能匹配新城
不要应了那句谚语：
麒麟只能远望
近看就露了马脚！

当心那僵硬的水泥，触目的石灰
因为粗糙而扼杀生机
潦草的结构，无创造的模拟
把自然肢解切碎
使生命感到窒息
过于明亮会把阴影删除
就不见幽深
在所有爱情的国土上
不和谐便破坏一切
盲目会给美带来灾难
感情会被枯干冻结

古代名山的核心是寺庙，是宗教
现代园林的实质是休息，是文化
没有时间观念就会迷失
过多建筑把游兴赶走
过多雕琢索然无味

探求山林的学问
眼光放远一些
看那高峰已在新的日子醒来
睁开青青的睫毛
露出希望的眉宇
挥动绿色手帕
欢迎孩子的笑声
欢迎电缆车厢
也许还有空中船舶
在层林叠嶂之间回旋

人潮要上涨几百尺
高山的风要吹拂裙裾
乐声震响岩石
日月在身边飞度
听见天的肺腑深深呼吸
可以体验高空的子夜
身披星辰长袍
和宇宙诉说深情
直到黎明
畅饮碧霄的露水
让第一道阳光最先照射
满脸发出霞光
尝到未曾尝到的自由宽广
然后寻找远古的石屋

那是人征服自然的印记

那时莲花山将洋洋得意
向全世界开放最大的绿蕊
揭开园林史新的一页

把深厚热情倾泻给高峰吧！
这是人类最深沉的梦
为什么透亮的心
喝饮太阳之后
不发出新的萌芽
而敢于说出惊人的话：
渺小的麒麟
伟大的莲花！

1982 年

（收入《蔡其矫诗歌回廊·翠鸟》）

青藏高原

这么高，这么冷
我以为夏天尚未过去
你却已严寒逼人
呵，大江大河的母亲

天边入云的雪山
闪烁河源万点银星
在千古记忆中
你是典型的女性

独步雪线的花
劲飞的天鹅
在渗透血和汗的旷野上
蕴藏着缱绻的爱情

那是牧女飘动的头巾

擦去面颊的泪痕
那是草原托起的彩虹
鼓舞开拓者的灵魂

到有一天，沙海新烟如柱
草场似缎如锦
那时尚有民族的隔阂
我不相信

1982 年

（收入《蔡其矫诗歌回廊·翠鸟》）

郑州绿梧桐

清凉的帐幕高高挂起
细细音乐雪片似的飘落
压服街上浮尘
把满城的喧哗滤尽。

具有淡薄轻盈的颜色
那些川流不息的丽人
在你层阴下敞开胸怀
领受你运载的宁静和平。

她们知不知道
是时间埋入地下的泪水
供树酌饮
是往日的无数苦难
通过叶脉
制造这洪水泥沙产生的绿荫？

一再受灾的地方
祸害我们尝过
命运我们认清
所以深知你的寄托：
以萧疏的语言诉说历史
让欢欣抚慰后人。

1982 年

（收入《蔡其矫诗歌回廊·翠鸟》）

天津桥遗址

第一座洛阳桥的地方
只见农田，河滩
几株僵树，数行细柳
不再是天之津浦
也没有天的长街

这里曾经长虹卧波
帆樯林立
灯宵月夜有如云仕女
不见了那王朝
那荣华也随之消尽

大堤的窈娘长眠不醒
笙箫管弦早已湮灭
世代的内争外患
风光向别的河道流去

千年荒芜
如等待阳光的冰雪

雨中绿水浸暗云
神女浦芳草凄迷
浅滩上辗过牛车骡车
预告前面是农村的集市
别了，皇都！
别了，史迹！

1982 年

（收入《蔡其矫诗歌回廊·翠鸟》）

赴炳灵寺

陡急的黄河截断
水路在澄清中展开
看到的都是平静的碧绿
有如无风的海湾

机船走过寂水
船后清波一串串
既不存在混浊
千古的形容改变

一幅象征派绘画
积石山的红色高崖
插在绿镜上
炽热和冰冷相纠缠

休假工人跳舞在甲板

日本旅客相机一闪
很快成了新交的朋友
用不同的语言笑谈

回流进入山沟
石窟已紧临水边
虽然佛像都已破损
山水却深印心田

1982 年

（收入《蔡其矫诗歌回廊·翠鸟》）

刘家峡夜景

听到暴风骤雨轰鸣——
水的火箭升腾；
看见暗夜惊心爆炸——
水的氢弹迸射烟云；
泄洪道跃起的飞流
人都不敢走近。

坝上灯光被水珠融淡。
俯视横扫的瀑布没入黑暗，
千万只鸟雀疾飞投林，
千万枝剑矛刺向深渊；
水如原子裂变
把浓烟暗雾扩散。

比原来的黄河更雄伟
当人改造了大自然。

1982 年

（收入《蔡其矫诗歌回廊·翠鸟》）

梧 桐 海

吹舞的风
掀动不了幽深森远的
高悬在上空的海水
没有涟漪，没有细浪
没有起伏
沉静得阴森冷肃
从其中张开无数巨大珊瑚
以碧玉的光
千枝万叶密封道路
四外是炎炎太阳

1982 年

（收入《蔡其矫诗歌回廊·翠鸟》）

仙游菜溪岩

南方的深山峻岭
伞状的尖峰，笋形的巨石
郁郁葱葱的林木中
忽现触目的庞大白柯
那是古代隐士避世的地方

仰望山陵和山沟
顺地形蜿蜒而来的密林
有如一条绿色的龙
傍着匍伏的绿色的虎
漫坡充满生命的呼声

半空石壁
有几处天然图形
俯首观瀑的长袍仙人
朱砂生成的八仙围着棋盘
又似非人间的幻境

瀑布垂天而降
在低空散作碎玉细珠
在崖壁织出笑纹
潮湿石台上雾状水光
照亮所有的阴影

下面泻水的哀泣声中
路亭雨阁只留残迹
三千尺人工阙门无从指明
当年胜迹渺不可辨
仿佛逝去的爱情！

纵然废墟记得
唐宋以来幽居的历史
过时的理想迎来了荒凉
消失了苦行图
也不见了逃遁地

为了少看人世险恶
多想美好的自然
难道有什么样的慰安
可以治愈心灵创伤
忘却一切忧患？

过往岁月中
一定存在什么差错
林木与山的生活
闭塞而且寂寞
痛苦的大地默默无言

只有让巍峨群峰
灿烂峡谷
古松和藓苔
羊齿植物和藤蔓
把绿色泼到人身上！

轻清的旋律
在飞瀑和旋雨中流动
有如头发被风吹扬
在人面前
出现新的希望

第一次在爱情的白天
寻找心的出口
和自然交谈
超过世上其他事物
不再因痛苦而接近荒凉

1982 年

（首发于《诗刊》1990 年 12 月号，后收入《蔡其矫诗歌回廊·翠鸟》）

长江第一坝

干和湿的分界线
开放一排二十世纪的名花
从憧憬中产生的水上雄关
比造化更美

既有激浪，又有清波
兼具男子气概和爱的光华
要开就开，要闭就闭
自然不再是不可驾驭的玄秘

无论大船小船从闸中经过
都得耐心等待水起水落
每条窄巷都引向宽路
这里是希望的大门

1982 年

香　　溪

养育诗人和美女的河
体现过千年民族的苦辛
持久的思念搅动心波
今天将你仔细辨认
清澈见底的流水
有如坦荡胸襟
没有什么需要隐藏
你的儿女
才永远勇敢蔑视命运

1982 年

火　把

手持火把将一切烧毁
宫室，大殿，珠宝，细软
一草一木都难幸免
复仇的呼声震动大地
所有的眼睛都映照火光。

旧皇朝的精锐士卒
瞬间烟散灰飞
宫殿倒塌的尘土
却埋藏另一种威力
秘密保存两千年
史书无记载
几年前农民挖井
才奇迹般出现：

一行行，一队队

六千陶土烧制的兵马
在地下森严整齐
冰冷地握拳闭嘴
一样的细长身材
一样的威武雄健
仿佛当年秦军
不可阻挡的阵势……

修建巨大玻璃宫笼罩着
一点一滴地整理
向全人类展览
穷兵黩武的始皇帝
东方式的专制
死后还埋伏
醒不过来的军队。

1982 年

菜　溪　岩

漫山漫坡的林木
沿着山沟和山陵蜿蜒而来的绿色的龙
匍匐的绿色的虎
回首的绿色狮子

耸天的石壁上
天然的图形
俯首观瀑的仙人
非人工的红彩绘就的八仙围棋
旁边是垂天而降的瀑布
在渐突的石崖击出碎石细珠
绿丛中的杜鹃花
粉白的新竹
隐者的遗迹
攀登费力
乱石小径

那古老的残迹记得
唐宋以来幽居之所的历史
曾经有过不见经传的盛名
绿色的阳光和蓝色的空气
白色飞流和蓝色高岩
缘于远隔尘嚣
在僻野深山之中，有如被遗忘的理想
迎来荒凉，送走隐士

消失了苦行图
消失了逃遁地，
也不曾有传说的神仙来聚会
深水的哀泣声中
留下亭台的废墟
和苔树的天梯
林木与山的生活
闭塞而且寂寞
在人的面前
出现了新的希望
南方的深山峻岭
郁郁葱葱的树木
万绿丛中醒目的巨大枯枝
成排的参天古木
披着绿色长发的

伞状的峰
菊状的石
人间的生活一定使神仙羡慕
所以他们一去无踪
留下这空虚地方
叫我们建设
自然的园林
最巨大的休息之所
头一次在这爱情的白天
寻找心的出口，和自然交欢
不再为痛苦波动
越过人世其他事物
把滚烫的灵魂安放在
幽静的高岩和瀑布中间
在山川的弦上
发出忘情的音响
峡谷尽头的静然
在阳影里
野草闲花
拂动在山顶的云
像白色的手巾
充满了生活的呼喊
阳光在水上行走
雨后的飞瀑
水滴的垂帘

在石壁下方织起笑纹
这时几株新竹
钟情在偃队在直悬的飞流上
给高岩许多平行线
向下凝望
群山的苍茫
远野的碧绿
新的追求在时间的进程上

（1982 年）

大　江

晚霞的余光直到最后
四周已是黑幕沉沉
雨雾茫茫中的江滩
漫长的水边林带
夜雨中港口的灯光
远山青翠如织锦
地平线上的烟囱水塔
水上的货轮和溪船
经过的客轮
历史上的荒凉消逝

(1982 年)

白　帝　城

千年古迹
因一首诗而被长久记忆
经过悲愤之后
才写出这篇欢快之辞

（1982 年）

巫　山

除却巫山不是云
美的躯体，热的心灵
柳叶般的发绺自由飘垂
黑发是暗夜，肌肤是白昼
群峰隆起云雾的乳房
地泉笑得多么洒脱
青山再现你裸露的健美
和鲜美山花共住在一起
绕着脸颊开放野蔷薇
听到你胸中的叹息
以你青春的喜悦
充满南方青草的香味
明亮有如夏天白色的雨
容貌反映出云的轻快
既不是眼泪，也不是水滴
仿佛有道光圈在你眼里

从心的深处出现
突然把我照亮
感情泛滥在灿烂的脸上
眼睛却有怨恨
身边有像你的沙漠
绝对的茕独统治着
埋下明月的清辉
内部由异常的热支配
心怀疼痛在山边踽行
把心向未来抛去
诗的目标之一，是你。
把风景从你眼帘阖上
坚信我们将重会
一道莫名的幽思
起自灵魂
啊，忧郁的云水

（1982 年）

巴　东　垭

晴空照着亮花
云雾在峭壁下荡漾
笔直的冷杉，黝黑的横枝
上面新叶又积雪
红桦上的太阳鸟
黑尾白点红黄相间
燃烧中的五彩缤纷
华中第一峰，枯树
一丛丛的扫把竹
冷杉五十年成材
白云汹涌在晴朗的天空上
没完没了地接吻
静默无言的歌
色彩像海浪，沉重像钢铁
把天空驮在背上，云殿没完没了地接吻
用枝丫托住云天

我要用胸脯掩藏大地
挡住狠心的砍伐
雨点有如泪滴
建设我吧，成为开向长江的一面天窗
每一刻都激起新的幻想，产生新的意念

（1982 年）

巨　树

高坡上一排庞然植物四下垂枝
唱了一千年的歌晒焦了的针叶
狂风吹乱了的
凝望着太阳
岩石般的躯体
盛满着铜色根瘤
千年铁杉的主干直入云霄
五人合围
根瘤，垂枝
唐宋以来的生命
四围是屏风的山峦
土壤、气候、水分、阳光
都为你增寿
黄土和青草的气味
从大地向天空升起
有一百枝手伸向四方

垂下近地面
顶着太阳，挂着月亮
不只一个心脏
温热大地和天空
跳动，永不衰亡
重新找到永生的秘密
心灵的超脱

（1982 年）

洞　庭

水光照亮的芦苇滩上
鸟花喧叫穿飞
两翼挂满缣网的打鱼船
长橹摇碎波光
高岸的看瓜棚
长堤上的骑车人
烟柳的球体无数圆球
在朦胧中发亮
汽轮推木排

（1982 年）

⊙ 1983 年

太阳的话

沿着一定的轨道运行
我并非万能；
在宇宙无穷的黑暗中
我不是唯一的光明。

我的任务是照耀
每一天都在痛苦中燃烧
等待着最后的死亡
我并非永恒。

有时是温柔的情人
有时是昏庸的暴君
限度和距离是绝对必要的
请不要迷信！

1983 年 1 月 20 日

（收入《迎风》等）

花会有赠

千里来访问
正当满天照丽日
你站在风尘中
俯首有愁
仰头欲语

雨后再见你
已是匆匆片片飞
无情世俗，多难人生
失伴离人的凝视
好像雷阵雨过后暗影凄迷

但愿春去人不老
幼嫩的心灵成熟了
来年发新枝

1983 年 4 月 26 日

（收入《迎风》等）

牡丹十句三首

一

洛阳再次卷入花的狂热
原来这就是
春光泛滥的标志
欢乐之歌的华丽乐句
在周天响彻

发亮带泪的红瓣
欲待扶起的可怜弱质
来是相会又是握别
短暂的爱
却牵动千年相思不竭

二

十三四岁的盛装少女
充满东方梦幻的柔光
赛过轻雾中的彩云
洒上郁金粉
无言也动情

适时的粲然一笑
流露全部的幼稚天真
枝软不胜花的重载
半吐正好
全开愁人

三

强烈有如希望
开放在群芳高潮中
生命早晨的巨大欢欣
浓染太阳的油彩
动人似歌唇

青春多么绚丽
心灵多么美好

缠绵语言的长河无声
爱的目光一闪
但愿此瞬永恒

1983 年 4 月

（收入《迎风》等）

过 延 川

石砭镶边的弯河
穿孔洞穴的大地
陕北人粗糙的双手
把小苗绣满所有田垄
让枯黄与疏绿交织
成一幅象征派的图画
唯有顽强抵抗干旱的枣树
给我心灵以凉荫。

回忆的钟声在耳边震响
既欢乐，又凄清
四十四年前汗滴的小路
断肠凝思
找不到昔日情境
是在哪棵树下休息
是在哪片石上露宿

未量过的痛苦
深沉的潜影
一别再难相见。

那时的青春多么无畏
那时的现实叫战争
花费了大半辈的时光
眼睛才学会了观看
并且重新找到自己
为你含泪辛酸
为你梦魂萦绕
为你时受鞭笞……

衰老的目光望着往昔的山
思念逝去的战友
在这一瞬我多么爱你
我又成了二十岁的青年。
可现在不是诉衷肠的时候
这样的日子还很遥远
远到今生都难接近
漂泊的灵魂寻求陌生的地方
不屑把爱钉在狭小地域
不同从前的感官
崇敬变迁和梦幻……
但是我和你

却如同世界上所有的水
总有一天要见面
昨日的声音
又在未来回响。

1983 年 6 月 17 日

（首发于《诗刊》1985 年，后收入《醉石》等）

树

张开绿荫于天空，
屈曲身影扶摇直上；
用万千手掌
与静默歌声深厚默契。
叶簇婉转，
枝干迎风，
永远温情爽朗，
具有男子气概和力量；
热切地注视天际，
经历无数春冬；
生命的年轮
并无半点老迈；
庄严如同石雕
在大地上昂然挺胸。

1983 年

（首发于《人民文学》1983 年 11 月号）

二　十　岁

一方面是年轻
一方面是成熟
这就是你生命河流的两岸
独立不可向人奉送
即使是最亲爱者
舍弃它无异永世忧伤
在青春阳光的灿烂中
只要心能快活
无须依赖好枝栖宿
因为这，雨对你永远欢畅

1983 年
（收入《迎风》等）

生　日

长发甩来甩去
细腿跳跃好像幼鹿
你的快乐是充分的快乐
当迟重潮音，潺流过
你心灵的绿荫
使柔软变为坚强
在往事泪痕中
欢乐里渗进了哀伤
宁静将心的梦湖灌溉
阴郁天气也照旧闪亮

1983 年

（收入《迎风》等）

凄　凉

厄运蹂躏过的心
被冷落的生命
悲恻的日子
说得越少越详尽
灵魂选择自己的社会
做个生活真正对手
自由到底
像花果一年色彩缤纷
只有升华的爱
能获得心灵永恒的和平

1983 年

（收入《迎风》等）

寒　枝

朦胧的美雕镂天空
以如丝线迹
装饰单调的无声
远看稀薄如烟
近看峥嵘似铁
浓淡随光变化
却恒常默默耸立
待到北风怒吼
暮云变色
粗细都摇曳起舞，张须振发
掠天抢地，枝枝节节
吹起生命号角
反击如盘暗雪

1983 年

（收入《蔡其矫诗选》等）

庐　山

你死去
你又重生
诗的圣地啊！
牯岭为你添新街
殖民者占用三十二年
为你造别墅
来了不成器的独裁者
为你建礼堂
煽起无端的烈焰
难道是因为你凉爽？

一群女运动员来到
南宋樵夫发现的三叠瀑布
李白苏东坡都未曾认识；
看绿浪自天空倾覆
飞流悬挂绝壁

深谷午后便成黄昏
犹恋恋不舍。
白居易到过的寺早泯灭
徒留花径虚名；
毫无价值的仙人洞
更是欺世盗名的陈迹。

终止苦难的骊歌
寻找遗失已久的诗！

1983 年

（收入《蔡其矫诗选》等）

永乐宫壁画

与蒙古新王朝勾结
道教的北宗
建议不杀俘虏而役晋南
于是在黄河边的名镇
兴建宫殿式的道观
为吕洞宾的故乡添色。

六十四岁才考上进士
这个传说中的风流才子
到处云游和潜修
为贫苦人治病解危
壁上他的故事来自现实
描绘宋元人民的苦难
灾荒，疫症，穷困，盗窃
战争中的呻吟挣扎
在洛阳和中条山画师笔下

结出民族艺术枝蔓上的果实。

天神和黑煞围绕帝君
无非是周秦汉唐的朝廷仪仗
个个都是凶相毕露的武人
只有那些
沉静的圣母玉女
轻淡与浓重相对比
眉凝气
目传神
纤手如春笋
霞帔瓔珞仿佛叮当有声
是堆金沥粉中
白色的风尘
灰色的梦

1983 年

（收入《蔡其矫诗歌回廊・伊水的美神》）

天都新路

天上的仙都
老远就露出微笑
结束只有一条路的历史
半山寺树起新的天梯

石阶烟雾中壁立
高举山岩青蓝色的旗帜
鹰隼的风在脚下
环立着云的合唱队

群山的海有高耸船台
妙龄女郎站在栏杆前
她们的嘴唇有天顶的光色
她们的头发漂染云影

新的迎客松踩在岩边

一边是遮蔽的天空
一边是明净深渊
浸透夏季的蓝光

自然的杰作重新发现
太阳的钓丝
从泡沫的花边垂下
永恒就从那里上升

1983 年

（收入《蔡其矫诗歌回廊·伊水的美神》）

⊙ 1984 年

赠　游　伴

盛开的玫瑰
还未掉落一片花瓣
只有纯洁无邪的童心
可以深入生活本质的内涵

胸脯上温暖的气息
传送太阳的热力
没有语言干扰的心神领会
越是偶然越真实

从老旧的拱桥走下
身上彩云笼罩静水行船
傍晚临河人家
天真的目光照耀黑瓦白墙

我不愿意任何女性不被崇拜
而沦落为日常的必要
心里无声地告诉你
热爱青春，热爱自己

1984 年 3 月 15 日，苏州
（首发于《诗刊》1985 年第 2 期）

无题·生活

生活曾经是蝴蝶
后来是细雨
当黄昏的彩霞来临
却充满惆怅

爱情使人伟大
它无开始也无终了
没有不带忧虑的希望
也没有不带泪水的爱情

1984 年 3 月 18 日，苏州
（收入《醉石》）

题人纪念册

你的灵魂是天空
你的姿容是大地
你河流的笑声
横在我面前

1984 年 3 月 25 日

（首发于《诗刊》1985 年第 2 期，后收入《倾诉》）

第二十个四月二十八日

你是我寻求的生命之流的河床
我的青春愿望
饥渴永远在其中
犹如黄昏的眼瞳

爱情之钟鸣响
展开在辉煌的山川之上
前面的道路
溢满新的芬芳

1984 年 4 月 19 日

（收入《倾诉》）

香　雪　海

不信今年春天来得晚
一连三次探看邓尉梅花
趁着人静天黯淡
悄悄会见旧梦新欢

太湖上空云团连绵
这是眼睛蒙眬的时刻
什么景物都罩上了水雾
思想在雨中淅沥

一望就知道不是雪
因为有湿风送来暗香
香中有独自的韵味
清至极点
有如沁入肺腑的幽思
有如忘情的旧事
有如上界飘来的箫笛

受绿色长久侵袭
海已耸立千岛
拍岸的波浪
有泪浸润的眼睛
偎向怀抱的亮唇
响彻云霄的白云之歌
人类向往的纯洁光华
在静默中摇荡

扇面般的枝条伸向空蒙
倚风好像要和路人说话
青春稚气的心在升沉
永远没有平静的灵魂
恍然堕我入众香国
皎洁如苏州姑娘
只有她说得尽诗的生命
嫌太清太瘦都不是知音

给生活增添了美
历史车轮的辐条应当珍惜
多么难忍的等待
多么徒劳的寻求
不要说冬天漫无尽头
孤独真是荒唐的措辞
周围多少有情的清丽

幽独的花在阴寒里

生活无处不在的柔情
对冷漠的人一无所赠
我是否竭尽全力服侍它
可以无愧地回顾长辞而不朽的一瞬?

当你的闲暇充裕宁静
你的目光专注深邃
以笔的细语
呼唤期待里的足音

更艰难的岁月也许要来
地平线那边有拖延的时代
我们既是严厉冰霜的承受者
又是温情春色的后继人
让童眸再次战胜蠢举
让新歌能纠正谐音
即使太阳冬末凋零
与衰草同凄清
寒气在湖上天顶运行
也会带来初花如星
让细雨经过花瓣落在诗行
永远带有那一天的烟云……

1984 年 4 月 28 日

（首发于《上海文学》1984 年 7 月号，收入《醉石》等）

小　巷

夜晚的神秘时刻
石块铺路的水声步声
彩色的尼龙伞下
洁白晶莹的目光一闪
几个苗条身影
在雨雾迷蒙的风中飘零
这里的岁月充满宝石
灵魂灼热的余烬
重新扇起火星

1984 年 4 月

（收入《醉石》等）

十里浪荡路

当你举出旅途四种设想
我果断地选择这一条：
爱情是旧的难忘
路是新的好。

品尝杭州远郊的芬芳
云栖的竹林是最佳起点；
向上的石阶接触高空
又包揽了钱塘远岸。

一千四百岁银杏雷殛后
犹返青在空旷的顶巅
温情在大地上是无限量的
生命有力量医治创伤

我们都是大自然的情人

不在意一切过眼烟云
虽然幸福迟迟不来
有悲哀也难确定

总有人要损害希望
挖掉伟大的求索精神
把什么都割成枯燥的小片
让信条包裹所有真情

不管来自何方神圣
政治永恒不新
千百年来的无数曲折
已把剩热耗尽

早熟的你确像一阵风
曾给我许多青翠
如今黄昏潜入黑夜般瞳仁
该有青春的泪雨来临

湖滨繁灯迎接我们
以它水上的千道光明
寂静是如此丰满
可以用夜色把梦尘洗净。

1984 年 5 月 10 日

（首发于《诗刊》1985 年第 2 期，后收入《醉石》等）

杏 子

黄中发白的诱人果实
既有夏日平静光辉
又有春天温柔色泽
是不是沉入眼底的忧愁
造就了没有棱角的美?

谁人曾看过你轻颦浅笑
曾折得你的最繁枝?
等待黄莺，期望紫燕
你又曾为谁含忍无限情
弹却千年热泪?

生活无时不走新旅程
为一次新生而经历许多死灭
没有比平凡更自由的了
你沉思中梦寐以求的钟声
正鼓舞你投入更严峻的世界!

1984 年 5 月 17 日，泉州

(首发于《诗刊》1985 年第 2 期)

神农架问答

游　客：

车子越过“林区”大木牌
已经走好几个钟头
为什么还看不见森林？

主　人：

自从这条公路建成
十年浩劫来临
开进一个师
大树小树一齐砍
推光头一样彻底干净
四分之一木材运出
四分之三烂掉烧掉浪费掉
任务还是年年超额完成
为了不忘过去
留下震惊中外的标本
你看高坡上

四十六米高的铁坚杉
六人合抱的巨树
不是英雄般高耸入云吗?

巨　树:

我唱了一千年的歌
呼吸唐宋以来的空气
岩石般布满铜色根瘤
跳动着不只是一颗心脏
晒焦的针叶
狂风吹乱的密密黑发
垂下临近地面
有一百只手伸向四方
感谢屏风般山林
当我挡住冰霜和干旱
温热的大地，水分，阳光
都给我增寿
所以灵魂能够超拔
而永不衰亡
可是今天我形影孤单
没有伙伴
也没有爱人
我是神农架硕果仅存的哀伤!

游　客:

在林区中心住过一晚
并未听见兽吼禽鸣

传说中野人故事
不再扰乱这普通山村吧？

主　人：

伐木者消灭了暗无天日
引进了大量光明
金丝猴已远走他乡
连兔子都扎不住
还谈得到什么野人！
车子马上就到华中最高峰
神农搭架采药的地方
现在看来多么平整
除了丛丛金黄的箭竹
什么也不剩
不过再走几步路
登上巴东垭
就有最美的风景。

巴东垭：

我是静默无言的歌
只展开千幅图画
色彩像海浪
沉重像钢铁
我是无法逾越的悬崖峭壁
用胸脯掩护山谷
制止狠心砍伐
当风起云涌

雨点有如泪滴
我是高峰悲伤的号角
啊，建设我吧
让我成为向着长江
一面开在云端的窗户
为年轻一代
献出崭新的美！

游　客：

来到林区首府
松柏镇为什么没有松柏？

主　人：

眼前这座宾馆
已往是古木参天
现在换上小花小草
排列汽车
张开丰盛酒宴
不是气象更加堂皇吗？

诗　人：

一言不发已经三天了
沉默使我痛苦
想不到欣赏美也是殊死战斗
有时为了看得见
得当一个瞎子
宣扬盲目不是没有原因
清一色当作标准

精神贫乏又目光浅短
对自然淡漠无情
世界上最漂亮的国家公园
十年中被败家子毁尽
以无文化自诩伟大
任何阶级都不要愚人
对发施号令者理智的怀疑
必须沉默，斗争，战胜！

1984 年 5 月 23 日

（收入《醉石》等）

山的呼唤

多么寂寞的山啊
静静环立在灰蓝中
在那些乱石下面
埋藏了多少英雄故事
至今还沉默不响！

把一切都投入
巨大旋流的时代啊
难以安身立命的善良
长久无声息
而污秽瞬间流过
却留下永不磨灭的痕迹！

历史的风
给所有人事都蒙上暗色
没有心的幽灵才免遭创伤

一树青苍变成纷纷黄叶。

我的引路人啊
暹罗猎人的浪子
暨南足球队的中锋
出生入死却终被冷落
疾病牢牢抓住你
孤独死在深山！
从香港带来的女友
当她成为护士
拒绝团长的求爱
也背弃你多年情谊
悄悄回原地
无根的漂泊生涯
使你失去任何亲人！

那时候，像夜一样赤贫
勇敢者涉足新道路
可希望却比玫瑰更纤弱
追寻者和保管者永远不是同一个
贡献和享有也不是同一人！
可怜的新加坡小学教员
当区长只有几天
在突围中被日本人打死
鲜血闷声流淌；

年轻聪明的剧作家
遭遇战饮弹山沟
只有灵魂微笑！

还有你，十八岁的女学生
没有盘尼西林救你的命
五个朋友漫山中寻找卵石
垒坟墓直到黄昏
温情脉脉走向绝望
把黑夜搂入怀抱
千里远隔无从寻觅
死亡之后只有沉寂陪伴！

旧地重游总带哀伤
希望永远在途中
忍受不满和命运动荡
树在风雨中倒下
人生有多少次黑暗！

山岳寂静
天空以无限深邃闪烁光辉
如果山是海船
应有翻飞的海鸥在风中
港口升起呼唤！

目送远去的群山
不可名状的痛苦忧伤
引出被遗忘的呼声
连同那不能实现的愿望
怎能慰藉我的灵魂？

1984 年 6 月 23 日

（首发于《星星》诗刊 1984 年 12 月号，后收入《醉石》等）

洱 海 月

阵雨过后，水底东山
渐露暗红新镰
悄悄割开摇动的水草
慢慢潜入海的中心
变化为灿烂银梳
擎在白族姑娘手中
穿梭过长长青丝
把苍山的夜色拖动
终于理出了金碧一片
静水照耀无数光点
浮悬着一只白金小船
所有波光便是成群仙女
围绕着船载歌载舞
神秘乐声上升心的宇宙
不再感知夜的存在

1984 年 8 月 14 日

（收入《醉石》等）

大　理

旷心洗目的大路
纵穿百里绿稻
田坎上坐着看青女孩
膝盖铺绣件
在飞针走线，写一本人生长卷

微风流入深草
有如天庭的细乐
这就是心灵的金子
日晒雨淋的感情
在永恒的春天闪光

似乎已经有语言
能和静默谈话
充满东方的绿茵
梦中笑痕沾上露水

我仿佛回到少年时
眼风因深情而柔软

生活的激流
并不排斥古朴幽静
把心归向苍山有生命的云
和那些洱海的儿女们
新人的破晓
就在爱的深处流动

1984 年 8 月 18 日
（收入《醉石》等）

相　遇

两湾蓝色的海水
展开海鸥长翅
两颗蓝色的星
相映妩媚的天宇

冰冷的火焰在薄雪上
怜爱在我心里
语言不自由
始终是酝酿的暴风雨

1984 年 10 月 8 日
（收入《倾诉》等）

琴键上的手

裸体的月亮
流水弦声
天长地久疯狂的爱
火热温柔的心
睫毛上吹动的风
湿润的嘴唇
静静踏过水波和草地
傍晚穿过星星之网走近

1984 年 11 月 27 日
（收入《倾诉》等）

新　境

一

几十年揭不开现代文明
这一页为何这般死沉？

蒙昧的岁月
为官作宦者结队成群
左右颠倒由来已久
阻塞道路又唯我独尊

年华在烟尘中滚过
目睹废墟泪痕
不断经受挫折和苦恼
权利在激情中猛醒

因为失误清清楚楚
改革之风才吹遍四境

把一切都倾泻给它
无论是爱、愤怒、痛苦、欢欣

二

你将是自己伟大的舵手
生活和事业的统帅
你将是腾飞的龙之骄子
每一举动都体现荣誉
扫清庸官蠢吏
用你不断的创举
就是文明的风度也足以
消灭帝王和奴隶

三

盲目的运动不再举行
没有造谣黑帖和彻夜磨人
狠批浪骂吃不开了
没有钻心怨恨的弥天不平
可是泪水中升起狂涛
废墟上笼罩黎明
生命要付出更巨大的艰辛

1984 年 11 月 12 日

（首发于《中国》1985 年 2 月号，后收入《蔡其矫诗选》等）

热　海

粗干大瓣的刺桐花
比血色还深还浓
繁花密叶的凤凰树
更是火焰煌煌
而你便是这花中女王

新竹豁裂了外箨
透露出内里的青篁
清澄如流水的明眸
眼睫上有阳光舞动

你裸露健腿
渴望飞翔却又不能
只有让风扬起长发
接受温情的暗流
散发灵魂的芬芳

没有靓女和文化
城乡都黯淡
悟出生命的全貌
照耀美的光芒

1984 年

（收入《蔡其矫诗歌回廊·醉海》）

多　情　海

热带的女子
如花清丽的旅伴
引导我过海的道路
却滞留在渡口
无可奈何看燕窝岛

阳光，海水，沙滩
都有青春的微笑
为什么斜阳投下的阴影
横吹的风在沙上发响
都如大提琴般沉重

生活和梦想的双重河流
能有所求却无所求
燃烧的灰烬
和一度的透明

心绪如何对另一颗心诉说

美本是叛逆的世界
低回的爱有人明白
无语而来又无语而去
恋情如老去的树
依然落叶纷纷

1984 年

（收入《蔡其矫诗歌回廊·醉海》）

晴　　海

万顷碧波浮载大小玳瑁
如飞快艇射出一道道白光
巍然的天涯石
激起升高的雪浪
海鸥就滑翔在这海花上

阳光懒懒自遥远
空气睡意丛生
蓝天似乎淡化成绿光
温润的热风
送来礁盘爽气似梦

对人类的爱终古未休
仰卧成温柔枕席
让游泳者平躺浮具上
又一遍遍洗刷沙滩

让拾贝少女欢笑追逐

愤怒浪头也化作沉静水波
默默包容所有不幸
任泥沙俱来
依然保持天地清明

1984 年

（收入《蔡其矫诗歌回廊·醉海》）

雨 中 海

太平洋的信风
携来雨雾纷纷扬扬
为光线所创造的阴影
穿过雨幕落下
如大鹏展翅在茫茫中

同一影子有无数形态
雨云如瀑泻涛涌
雨帘直垂海面
白雨斜扫，奔雾赶水
连彩笔描绘的迷楼岸树
也在微光中转动

无声地踏着水波
山魂在云烟中徘徊
不明不白的恐怖飞扬跋扈

窒息的气氛难以忍受
仿佛看见了穿制服的死神

在阴森莫测的现象后面
也许隐藏着明白无误的真实
所有忘却的灰烬
依然歌唱绿色的梦境

1984 年

（收入《蔡其矫诗歌回廊·醉海》）

水　乡

早晨在水天展开全部色彩
投射到黑瓦屋和白石桥
仿佛照耀万千三棱镜
绽开无数沉默之花
心情舒畅的高空
有嬉戏的云，絮语的风
连透明的船影也发声歌唱
最深沉的梦铺满锦绣
看着你，灵魂风平浪静
抹掉一切烟云

1984 年

（收入《蔡其矫诗歌回廊·翠鸟》）

蝴　蝶　泉

砾石坡和包谷地之间
一片小小的密林
覆盖一泓清泉
古老合欢的巨柯横水面
这就是你吗
空有盛名几百年？

一股泉水杀不死荒凉
阴暗中的光明啊
让沮丧的心
忘记近处废迹
忆起远方繁绿
让濡湿的思绪
像叹息，像舞步的柔声
像欢愉的翅影上下鼓动
唤出无数小太阳从密叶中煽起

苦恋的女郎
你不要向静水凝视
如泪滴落的泉声
不能医治创伤
为了爱情之歌能继续
必须创造新的自然
热恋有了陪衬
你的笑容才洒脱动人

1984 年

（收入《蔡其矫诗歌回廊·翠鸟》）

黄　陵

汉族最古老的军事首领
为什么称作轩辕氏
也许他是战车发明人?
他诞生在山东
战在河北，死在河南
为什么公认的坟墓
却是陕西中部这片柏树林?
超越固守一地的部落
驰骋在黄河两岸
战胜多少强敌
建立华夏的无比功勋
连创文字，养蚕桑
都说是在他领导下进行
对这样伟大象征
谁不崇敬?

但今天还有不屑人
做了芝麻大的官
管辖这高原的荒城
居然把陵上千年古柏
肢解为自己的寿板
被记者告发，来了公安部长
招待所里摆开请罪的宴饮……

1984 年

（收入《蔡其矫诗歌回廊·翠鸟》）

华 山

巨大的玉兰半开在云端
唯有一条路能升到花瓣上
难以想象的艰险雄伟
不可思议的废墟魅力

黄河秦岭一片杳邈
超脱凡尘的钟声已经沉寂
吹箫引凤的故事无踪迹
灵魂的精诚一致有谁认识
三圣母的爱情早被忘却
沉香斧劫为庸人牵强附会
往昔明星玉女的桂冠
现在额上缠着荆棘
伟大的第二自然
也始自母胎而终于墓穴吗?
古时的辛劳和后来的慵懒

这是现实最伤心的地方
只有远看的削天秀峰
不肖子无法改变

1984 年

（收入《蔡其矫诗歌回廊·翠鸟》）

梅 雨

垂下舞台幕布
欢唱消逝的春天
穿白裙的夏日姑娘
在每座山头盘旋

一片片飘空的草地
移动银光的珠帘
酝酿中的繁华梦
已让绿色沾满

1984 年

（收入《蔡其矫诗歌回廊·翠鸟》）

弘一大师

他没有厌恶泥土而渴求黄金
恨不得一口饮尽大自然
欲望的莲花上一片黑暗
本应搏斗的猛虎却怜爱众生
痛苦像汹涌的大海
而快乐却像鸟在花林
当成熟的季节来临
他并未黯淡孤零
愿生者得到永恒的爱
而死者得到永恒的生

被埋在忘却里的生命碎片
迸发冲动向往光明
死的梦是滚滚浓烟
下面燃烧着生命火焰
往事不是终结而是更新

让死者的信念再现青春
用男性的欢乐拥抱大地
也让失去的羽翼重新飞翔
经过迷惘去迎接风雨

1984 年

（首发于《星星》诗刊 1985 年 2 月号，后收入《蔡其矫诗歌回廊·南曲》）

霍　童　溪

通向大海的山溪
有白鹭横飞
绿竹抛出弧线
渡船缓慢切过蓝水
刻诗的乌石滩
枫树高枝抚摩天空
飘舞最后红叶
在祈求明日的玫瑰

一曲一濑
都有风水林护卫
成带的长松成片的竹
在山岚和光影中嬉戏
长溪的清流浸两岸
也种柑橘
也种荔枝

生活和梦想的双重河流
也有心灵的奢侈
众多的宫庙众多地方神
古榕和老松耸立
记录往昔繁华
吊脚楼群贴峭壁
倒影在水中有如仙居

瀑布在深山
怪石沿溪旁
放舟顺流有时慢漂
有时疾驰
三弯，八门，一锁
枯树，鹊巢，沙岸
峰回路转不让武夷

可惜中游拦河坝
把海水和淡水分开
断了鱼类上溯产卵道路
鱼篓钓竿绝迹
公路开发
水路备受冷落
运盐木船从此散失

村女个个端庄娇艳
有如闪亮的春天嫩枝
长发在风中飘逸
放射山村的灵气
流动的螺钿
百合花上的露珠
是她们若有所思的眸子

常在梦中的抒情之水
这朵凄清的玫瑰
追求永不衰老的年华
将如何摆脱寂寞
与现代融为一体？

1984 年

（首发于《诗刊》1991 年 6 月号，后收入《蔡其矫诗歌回廊·南曲》）

支 提 寺

云气四合
雾湿绝磴
空中飘拂雨珠
寺在烟霞最上层
好似非人间的建筑
浮现如同梦境

堂皇的山门
闻法堂诵经声
把自己放进赤诚中
光明的手抚摩我头顶
心里天灯常灿
寂寞中天钟长鸣

受寒气抑制的夜
冷房子有蜡烛，有善心

赤裸灵魂不致冻冰
当山野进入梦乡
我犹在回顾你的历史
抵御难耐的寒冷

也曾有火血烧杀
中原纷争方士南逃
寻找憧憬之神
许是理想的气功场
游仙家因之落脚
在炼丹中修真养性

支提梵语是聚集福德
可历史三次遭难
废墟无法完整
九十九峰湮没蔓草
仍有猎樵出没
山路纵横

既有衰败就有振兴
惺忪之后
睁大了眼睛
一梦未圆
空灵的美感
还会唱出金色歌声

我的心梦见
支提进入四度青春
有最近便道
霍童霸气不得逞
荒漠的自由
重新得到肯定

1984年

（首发于《诗刊》1991年6月号，后收入《蔡其矫诗歌回廊·南曲》）

⊙ 1985 年

渴望之歌

纯洁心灵的崇拜
永远在迷雾中的神圣
幽雅俏丽而又轻盈如风
好像幻想好像梦境

欢乐明朗的春心
并不知道怎样发生
勇敢在内外滋生
那就是青春

高度热情的大胆倾泻
永远感到心的饥渴
以形体诉说生命的奥秘
一杯琼浆便令人心醉

晴空万里很快消失
覆盖了一层忧愁的云
从奢望的天上回到地面
艰辛地忍受不幸

恻隐之心的善良
给凄楚的眼睛注入温情
爱的行动永无穷尽
又找到通向心灵的小径

也许是独具慧眼
希望又在寻求回声
本能之树开出灿烂花朵
在爱抚中成熟起来

于眷恋中解放自己
享受生命赐予的最佳赠品
丰满的爱使心净化
热情与美德同在

现代的爱更加细腻
追求另一种创造的欢乐
激起更深沉智慧的闪光
照亮文字，铸造历史

在等待中与岁月抗衡
明净光辉进入理想
内在力量的胜利
导致新的自由

1985 年 2 月 1 日

（收入《倾诉》等）

黄鹤归来

血管里回荡着的芬芳拱破地层
心灵的云梯冲向朦胧天边
在记忆的五彩缤纷中
历史重新发现
浪漫与神奇并未稍逊
时间不是直弦
一千七百岁几度隐显
百年离去
都是为辉煌今天

伴楚天日月星辰
呼唤万里长江
携着笛声来自绿色天际线
向四面八方展翅
在光的海洋中盘旋
难认古人今人

分不清旧梦新欢

高举中华心旌

庄严地迎接万国衣冠

1985 年 4 月 17 日

（收入《醉石》等）

逍遥津

淝水不见，渡口不见，逝去的历史
空余跃马持刀的塑像
老战场变新园林
古今被时间的深渊隔断
人事有如迷宫
只听到匆忙脚步和生疏语言。

旧友离去，新人难寻
到记忆的雪松荫下
小湖容得下欢乐的海
红莲笑逐颜开
绿裙与水光一起漂荡
黄衣在草地读书
黑衣在椅上等人
柳絮代替群鸟的啼鸣
心中的歌欲言又止

眼睛追随戴项链的素颈
这才是名副其实的逍遥津。

1985 年 5 月 4 日
（收入《醉石》等）

包　公　河

侵晓烦忧路
走过城墙遗址来到濠墩
瞻仰古时留下纪念的祠
人说濠中莲藕里面无丝
因为那个铁面人永不存私
自然和人事
竟有一个永恒关系的海洋
波动在众人以血酿成的观念中。

祠中陈设简朴
黝黑庄严无法描绘
语言在它面前感到苍白
心的战栗啊，怎能表达历史？
有过多少愚蠢的温香软语
即使沾露的玫瑰
也吻成灰色！

时间轻柔弹过廊下
揩掉生锈的铡刀血迹
伟大的天良在幽暗中燃烧
向外喷射红光融入宏伟
这就是正气
确立朴实无华在生活中的统治地位
不在压天的权势下畏缩
至今尚是发酵中名贵的酒
诗的祖国就是你！

1985 年 5 月 5 日

（收入《醉石》等）

桃花潭踏歌

一首诗开辟一个世界
充满形象动作和声音
千年来人们都置身其中
体会到世间美好的感情

宽阔的青弋江白鹭横飞
崖石下的急流竹排奔驰
对岸滩上亭阁耸立
纪念一种平凡的动人事迹

随时接纳不期而遇的欢乐
每个人既是观众又是演员
更接近纯洁灵魂的泉源
更贴紧倾听生命的脉搏

感到普通心灵的光芒辐射

爱上了人生辉煌的姿影
再无忧伤沮丧
有如宇宙那样完整

1985 年 5 月 12 日

（首发于《福建文学》1985 年 11 月号）

采 石 矶

阴森的风景如梦在水平线上
横石横江一片压顶的绿云

屡次的刀剑相斫弓弩齐发
如今对谁都已无反应

更不必说什么燃犀的怪异
听来全是昨日的小儿病

只有耸立林海上的名楼
灵魂不禁要对之战栗

因为盖世诗句留下的余响
永远有热泪在心里冲击

因为泼向江月忿愤的杯酒

正洒落在命数的指环中

带着饱经忧患的庄重神色
这里是诗的殿堂

1985 年 5 月 14 日夜

（首发于《福建文学》1985 年 11 月号）

秋 浦 歌

白发三千丈，缘愁似个长。
不知明镜里，何处得秋霜。
——李白《秋浦歌》第十五首

一

创伤之后孤寂荒凉
沉默就太委屈自己
哲人转向无我的沉思
凝视的闪亮瞬间
在自然中印染自己的色彩

二

有如太阳西斜

温和优美到极点
更发挥全部柔丽光华
以宝石般火焰燃烧
以激越的和弦迎接晚霞

三

永远在途中的生涯
情愿居身于荒山废垒间
屹立在风浪之上
筑巢云松中
而从不对艰险却步

四

与人步伐一致代价惨痛
仿佛走向万人冢
不向传统帖然就范
也不转身退出
在两者之间自立境界

五

浪游是为了没有具体对象的爱
到记忆的绿色中去
保持内心的丰满

享受生命的最后赠品
含笑拥抱万有

六

时代的幻影
被领悟的眼睛看穿
以湿润的嘴唇
温暖的声音
谱写未来的赞歌

七

由于黄昏临近
更肯定生命的把握能力
精神上的高度更新
举止的绝对自由
迟开的花最美

1985 年 5 月 17 日

（首发于《福建文学》1985 年 11 月号，后收入《醉石》等）

独　舞

优美中女性的躯体
我的无边渴望
从黑夜的湖上升起
凝乳的肤色
有一种缓慢悲愁的韵律
让我的心从搜寻中消失
柔软腰身
好像希望之弓射出一箭又一箭
每一箭都带神秘鸟儿的啭鸣
那不在意的眼神
有远古传来的信息
微笑的月亮终于沉落
在清晨三潭烟波里

1985 年 6 月 1 日

（收入《倾诉》等）

风雨黄山

今天黄山别开生面
用过分的热情招待我
当我一再说
没有烟雾它就像普通山头
于是让我沉入风雨

一片灰暗的混沌咆哮翻滚
松树张起银光的众弦
发出铜琵琶的铮鸣
群山蒸云蒸雾
只见眼前叶绿崖净

在雨的帘幕上
穿薄膜雨衣的游客像企鹅
一个个在石级上攀登
音波直冲肺腑

风雷如瀑在光明顶

人似羽毛要乘风飞升
已经忘记峰峦
忘记一再祈求的烟云
上下四方一片狂涛
心神振奋却不知原因

1985 年 6 月 8 日

咏　叹　调

新月黄金的花瓣
有卷状的云镶边
当沙洲沉默
夜色深沉

起先是水波细语
不绝如缕的幽独深情
渐变为明朗的倾诉

渴望之流的河床
涌动热的疼痛
又梦一般凄楚动人

歌声有如湿润的嘴唇
向年轻美丽的人呼求
另一个黎明

1985 年 6 月 26 日

（收入《倾诉》等）

横　江　词

横江馆前津吏迎，向余东指海云生。
郎今欲渡缘何事，如此风波不可行。
——李白《横江词》第五首

东西梁山双眉紧颦
江心洲绿树凄迷
云烟横空有如罗网
远古的波涛已成陈迹

西岸是霸王自刎处
千古从高处看只是一回首
失败者留有祠庙
刘邦又在哪里？

东岸采石绝壁连峰
参差缥缈在忧伤之外

天风吹不开月晕的天色
发光的只有诗的记忆

胸中的湖海开阔
笔下才有烟云飞扬
大丈夫心中自存真诚
宫廷锦袍有何贵重？

人如果自卑
头上黑暗就无比猖狂
历史不给怯弱者以同情
诗就是一种私下反抗

厌倦了造词遣句
空白之页留给荒野
抛掉最后的谎言
一切丑恶都离开眼下

自然中有声有色的生活
感情宇宙不带面具
一切无边无际的幻想
都具有大地的壮丽

1985 年 6 月 27 日

（收入《醉石》等）

宁静的水

夜淹没周围世界
黑暗中你的歌声如远水闪亮
风帆飘扬
一种落泪的激情
来到每人心头
因为愿望在你身上歌唱

篝火朦胧中歌声转暗
感到你的灵魂在漫游
仿佛天鹅飞向远方
振翅在夏日海上
宁静的水
霎时兴起白浪

1985 年 6 月 28 日

（收入《倾诉》等）

南国茉莉花

娇小玲珑，秀丽清香
夏日的少女穿洁白轻纱
淡淡如梦

轻纱为晚风吹扬
飘举如流云
微笑着，为快乐的青春

青春在梦中
正是这样

1985 年 7 月 1 日

（收入《倾诉》等）

醉　石

远古冰川的漂砾
只因为传说李白踏月来游
仗剑、囊琴、携酒
倚石把盏，绕石醉呼

石头便有生命
一颗童心在里面
仰天躺着
长发垂到地上

卧听鸣弦泉
拂动横石镗鞳有声
是他的诗啊
化作岩上清音

灵魂清醒

是忧心如醉啊
新太阳还未成熟
不妨长眠月亮在天空碧蓝中

男子汉一般超脱
沉默闪着启示之光
剥除黑夜宣布神谕的权力
使荆棘不得生长

能醉卧也是一种幸福
不必负载太多痛苦
听弦中流水
永远为豪气歌唱

1985 年 7 月 8 日

（收入《倾诉》等）

当涂太白墓

为什么海上的骑鲸客
却息影在青山下？
行为品格都惊天动地
死时却那么孤寂

为什么流放归来之后
只恋江南风物好？
目中既无君王
功名权势又有何用

人生各种际遇都短暂
不过是浅颦深恨间
为什么并无捞月幻梦
却自己成了诗歌的月亮？

渴马奔泉的文思

终止在浪游地
为什么那胸中块垒
至今犹叫人垂泪？

1985 年 7 月 9 日

（首发于《福建文学》1985 年 11 月号，后收入《醉石》等）

谢　朓　楼

蓬莱文章建安骨，中间小谢又清发。
惧怀逸兴壮思飞，欲上青天揽明月。
——李白《宣州谢朓楼别校书叔云》

风在无路的天空漂流
发出遥远年代的深沉叹息
看不见的小鸟，用黑管
试吹一段明天的旋律

生是爱的开始
死才是爱的终结
伟大的永不竭止的追求
在一切上面都留下感伤痕迹

像品尝欢乐一样品尝忧愁

让诗和生活融为一体
把自己整个放进作品中
不留下任何细微

再没有比在真切的悲哀中
更接近生命的本质
由此产生自发的灵魂倾泻
才如瀑布那样自由

不断向时代要求欢乐的权利
而且始终不渝
渴望生活的金樽玉盏
永远沸腾着广大的热情之酒

捕捉闪过心灵深处的火焰跳动
生活的真实都从感性开始
一切定型的观念都是假的
只有变动无常才接近真理。

1985 年 7 月 19 日

（首发于《福建文学》1985 年 11 月号，后收入《醉石》等）

忆黄山风雨欲来赠人

莲花峰雨雾浓重
送客松百弦争鸣
你飞扬的头发柔美年轻
使我忘记天色阴沉

半人半神的形体
色彩总是对你格外钟情
看那不在乎的姿态
连风云都变得明净

1985 年 8 月 2 日

（收入《倾诉》等）

周　末

一生中许多奇迹
你最清新
灵魂求你把我淹没
尽情享受耀眼的月色
你悄悄地来
带着忧愁的凝视
青春使我战栗

在风暴中我们认识
真挚日益深沉
相思如季节循环不止
燃烧了就不熄灭
窗帘里的世界
在你的恬静中歇息
今天一如往昔

1985 年 8 月 6 日

（收入《倾诉》等）

突然出现

一下午的狂风暴雨
到黄昏还剩淅沥，淅沥
你突然出现在门口
透明雨衣下光亮的形体
带来夜的潮湿清新
照出青春迷人的幻影
仿佛是从天上飘落
一朵水晶的云

1985 年 8 月 17 日
（收入《倾诉》等）

倾　诉

一

语言，在朦胧的痛苦里
翻腾酝酿在我心中
犹如飘绕山头的云雾
等待海上吹来的风
为它解除负担
化为雨水
落在大地上

二

黄昏时候逗留天空的最后光明
随着季节消逝的良辰美景
落潮后海上消瘦的弦月

没有爱情的黯淡眼睛

三

美不是依照规则创造出来
也不能做成某种模式
嵌入善或健全的定型中
通过热情的洪水而不沾染
这可能吗

四

啊，命运！虽然你曾把我投入深渊
我却像睡莲一样重新开放
在女性的抚爱的目光下灿烂

五

我在我所爱的人身上重度青春
用她们的眼睛观看
用她们的脚步行走
也用她们的羽翼飞翔

六

爱情同知识一样无穷无尽
也同真理一样长存光辉
你以为我的过去已经结束
我却是一切都在开始

1985 年 9 月 3 日

(首发于《上海文学》1987 年 3 月号，后收入《倾诉》等)

芳　邻

夜浴之后
你穿一身蝉翅似的连衣裙
手持一盏灯
把通体照亮
登上楼
从黑暗中向我走近
垂到腰际的青丝
为风吹拂
有长笛回响的远韵
眼睛静悬
如满月坠入幽暗秋水
那样深沉

1985 年 9 月 5 日

（收入《倾诉》等）

漠 风

在辽阔无垠的荒漠上吹拂
有一种雄浑的旋律为你伴奏
引人思绪万千的长风呀
你温柔些吧！

饥渴的国土
一切都在血汗中生长成熟
从开花到结果
难道永远是一条风沙的路？

艰难开拓的岁月
耗尽多少人的心血
呐喊着冲上天涯
这可不是永恒的游戏

无端的激情投向灰蓝色
行善作恶都无所顾忌

把巨岩化作砂砾
一声呼啸便席卷无遗

只听刀剑铿锵
撼天动地向虚无扫去
黑蒙蒙的影子不断扩大
再光荣的往昔也不留痕迹

催动地上的战云
一派混沌浊浪咆哮翻滚
屏息谛听
莫非这就是几代人的命运？

……

风转向从南到北
稀疏的雨点砸在沙地
阵云排浪似的前进
湿润的光影闪现在戈壁

摇晃一绺绺斑斓黑发
向旱象发出挑战的雷霆
鞭挞云团的长风呀.
你温柔些吧，温柔些吧！

1985 年 9 月 12 日

（首发于《诗刊》1986 年 4 月号，后收入《醉石》等）

断　　章

苦难年代萌生伟大的爱
悲伤如夏天的豪雨
雨中却欢笑着阳光

对虚伪森然无情
那清澈的眸子里
夜在呼吸阵雨后的芬芳

1985 年 9 月 17 日
（收入《醉石》等）

花溪无花

一

历史到处都提醒我
并不是到这一辈
人间才出现仙景

三百五十年前的徐霞客
就记下九拱石梁的花僕佬桥
（这就是溪名的由来）
布依族先人的土地
早具诱人魅力。
清末又修阁造楼
广种柏树
民国再建坝上桥
取名济番

轻视兄弟民族笔墨显然。

到底我们为它增加了什么
又减少了什么？

二

我瞧不起那些目光如豆
不去栽花种树
让污水流入花溪
消灭了五里山径桃花……

三

一片片无花的轻荫淡影
一方方碧流梳理岩岸
弯弯小路的尽头
剽悍眼睛的漆黑瞳仁
再不能瞧着成熟的芒果
踩过溪水漫溢的泥泞
芦笙吹起的绿风犹在
毛毡裹着的情话久已不闻……

也有欢声和笑语
少女轻步如舞

明眸随波光闪射深情
也有汗滴和喘息
老妇背负如山
棕编的挽带勒紧额顶
红红绿绿的记忆
告诉我花的新容——
那只是晨泳和晚浴的客人。

1985 年 9 月 19 日

（收入《醉石》等）

草 庵 寺

摩尼教焰火早熄灭
代替它的是沉寂
在每人心里
紫色调的暮云
岩茶的苦味
漂泊者的船哪里去
让心的帆影远征
到季节的深处

1985 年 10 月

（收入《蔡其矫的故园诗情》）

菲律宾

马尼拉

云影下道道船迹
细波远方是教堂尖塔
空地上遍布奶草
流动绿色柔情
不逝夏天
燃烧我热带回忆
芬芳湿润大地
椰树沿边的海湾
玻璃般的夜
给静谧添上五光十色
雨在路面灯下溅起银花
木雕门外隐现王宫
主人的热心忘记时间流过
这仿佛是爱的旅程

1985 年 11 月 17 日

菲律宾人

身材魁梧的男子汉
都具有金铸玉琢的头颅
黄铜肤色光滑无比
天真微笑如蓝色那样平静
芦苇般柔韧的女性
露珠闪烁在红唇
黑发所环绕的天宇
那里彩旗招展
永恒说着奇妙的诗的语言
在那金碧辉煌的眼睛

1985 年 11 月 18 日

他加洛歌声

让我尝到美声的甜酒
热情的香料
响彻河海的奔腾哀诉
沉沉黑夜的呼吸
听到未来胜利的消息
洋面水波不兴

如饿似渴的高贵声音
并不像鲜花易凋

露珠即逝
水井深处的记忆纷纷浮现
吸取绵绵长恨
让我把头偎依在你胸口
聆听暗红色血液流动
亲爱的兄弟
我将准备时鲜菜肴
在远方等你来访

1985 年 11 月 19 日

舞蹈诗

孔雀开屏
天使伸出双手奉献心灵
蜜蜂横向飞翔
光脚琥珀般晶莹
棕榈枝摇曳
在风中沙沙作响
向神秘的繁星诉说心曲
自苍穹摘取明月

让温情在昏暗中作巢
永无反悔的追求
炽热的火焰
花瓣薰香流盼
旋律的曲线

一片遐思飞扬

1985 年 11 月 20 日

（收入《蔡其矫诗歌回廊·醉海》）

白族姑娘

满带西南色彩的天籁之花
播送乡村院落的芬芳
衬出婀娜的马蜂腰
有明快大方衣裳
淋漓尽致显示粗犷的美
心灵却映射山川柔情
透过自矜的沉着
给寂静荒野以最高颂扬

1985 年

（收入《蔡其矫诗歌回廊·伊水的美神》）

剑川歌会

夏末秋初的僻静幽谷
爱情之歌唤醒密箐
温驯深邃的丹凤眼
时而抛来荡心的流盼
热情洋溢的翘嘴唇
时而露出炫目的金齿
高亢入云的女声起山涧
挑衅的辞令嘲笑我无能

农忙间歇中一次欢乐旅游
披星戴月的姑娘们
身后挂一件羊皮坎肩
背着几天食宿所需物资
把休息全用来寻求一见钟情
过几天原始的生活方式
一前一后疯狂追逐

手电筒照见眼中野性
斗歌通宵达旦
满山都在呼唤情人

1985 年

（收入《蔡其矫诗歌回廊·伊水的美神》）

君 子 兰

青春在内部燃烧
向外喷射热情融入端庄
美自静默辉煌

开放的形体
挣脱自己的蛮荒
孤寂面前并不忧伤

唤醒爱心
置身在形象和色彩之中
有一片永恒的星光

1985 年

（收入《蔡其矫诗歌回廊·翠鸟》）

青春在宝盖山上

傍着悲伤故事的塔
发光的岩石上
闪动太阳的彩蝶
你们照耀在
冬日的阳春天气
无云的天宇下
一朵朵舞动的玫瑰

彩色的年纪
冲破罗网的封闭
盛开在露天里
好比一支歌
在听不见的音乐的风
送到我受惊的心
预言自由光明的日子

灿烂的童心
你们的欢笑
吹奏着胜利的旋律
让我敢于相信
一切纯洁友谊的威力
在投身人流之前
抹去最后一层荫翳

1985 年

（收入《蔡其矫诗歌回廊·南曲》）

漳州云洞岩

沿着风化的斜坡
去欣赏洞里的圆月
和岩顶的凉风
深情在你眼里初醒

今天你年少如早晨
心灵第一支歌是欢欣
翻开生活之书第一页
青春便歌吟在天顶

光明的太阳在上面转动
以金色的麦芒
在你眼中
下了星的种子

歌声和笑语

是四向流溢的风

梦中青枝

正在那里飒飒发响

1985 年

（收入《蔡其矫诗歌回廊·南曲》）

观　海　夜

高天清秋
旋转着永夜银汉
狂风乱舞繁枝
激光奔星冲浪
在黑暗的砧上点点溅起
吸引目不转睛的凝视

云上歌声
莲花般笑容
亭亭荷叶的神韵
都带有消瘦了的秋意
落潮后的群礁
从深渊浮现
瞳仁里的那段历史

1985 年

(收入《蔡其矫诗歌回廊·雾中汉水》)

⊙ **1986年**

美与开放

公路上驰过一群骑车女子
感觉是彩霞纷飞
当所有天线都朝向海洋
艳色已进入人心深处

虹桥连天升起
水流和过渡全已忘记
脚下闪动波光云影
风景瞬间变异

生活难以相信的清晰
美如何产生已充分显示
正是在最平常的静默中
听见了革命望尘莫及的飞驰

怀抱百年进步之梦的民族
如今才真正打开门扉
欢笑在每一双眼睛闪现
自信使它格外美丽

1986 年 2 月 22 日
（收入《醉石》等）

顺　德

当命运在暴力的煽动下扭曲
告诉我希望从何处上升

曾在寂寞时刻幻想远方
烛光下等待黎明

七十年代的小楼已经过时
流行的建筑是西班牙式
事业的翅膀何时展开
把时代的褶皱抚平

已经付出太多代价
一切恫吓都不再轻信

印度尼西亚的象草
泰国的野鲮
新世界遍及每滴血液
自由正向一切延伸

1986 年 2 月 23 日

赠　　言

一切心愿永远年轻
一切心愿总有可怜
灵魂如水透亮
命运似风飞行

1986 年 2 月 24 日

（收入《倾诉》）

舞 者

曾在辽阔的梦乡寻觅
却相逢在如家的异域
黑的雾巾落地
白的云涛升起

热带的树向太阳摇曳
玫瑰为蝶翅绽开花瓣
菖蒲在风中
溪涧在流动

深邃的密丛
颤动的小道
为你忧愁吹皱感情
应该给你身镶宝石

不能接触月亮

不能呼吸霞光
眼含海水镌刻心上
向神圣之谜道声“珍重”!

1986年3月19日
（收入《醉石》等）

迪 斯 科

座座雪山
在高不可及的云上
给原野以无数深沉梦

瞬间又融为流水
在花草中舞动
依然是一片白茫茫

冲进所有通道
闯入心的闸门
变成有声有色的乐章

回肠荡气的呐喊
叫热血焚烧的节奏
又时有啼鸟春的婉转

嫩枝在飓风中飞掠
难以辨认的虹影落湖上
人都在灯光脚下酩酊

整晚都如天国的白昼
只好去找细枝栖息
倾听深奥莫测的歌声

1986年3月22日

（收入《醉石》等）

花　市

一

许多世纪以来的敏感
广州得天独厚
春起步最早
岁暮花街
万众拥挤在子夜时分
一支自由散步的巨流
全城持花迎春

灯光口红，花影中耳坠
到处光辉闪烁
金丝交错
有如太空飘动星云

椰果肤色穿宽衣大裙
眼睛被色彩充满
欢笑光芒四射
浪涛的灵魂多么宁静

在墨黑中
夜的微尘纷飞乱舞
把暝色分割
无声的圆号自绿色飞升
辽阔的梦之中心
抚摩微风的温情手指
为新的亚热带
彻夜不眠

二

大地额上的王冠
升自深渊沉默黎明
人类感情的寄托
诗的象征

万有之光
大自然的亮唇
永恒留在生命上的容貌
心的皇后手持明镜

记忆中金色火把
季节的新娘
静默中嫣然一笑
卷起超现实爱之波浪
淘洗心的海湾
生命的舷灯使灵魂苏醒

接纳柔情眷顾
处女的眼睛张开在微明
梦里繁星风中起舞
送出幽香子夜般深沉
人天共同的劳作
视觉的幻象无穷无尽

三

我们曾含泪忍受残酷
忍受无情
伴随痛苦的无限宽容
酿出绝境

当人杀害自然
让破坏统治一切领域
口号成灾

文明被一个个嚼碎
天空被激怒了
或是干旱，或是洪水
用全部力量反抗愚昧
心因忧患滴血

四

绿色的养育者
风雨中深化自己的信念
从泪水到醒悟
进入新潮流

让生命不再受干涸损害
鸟声重新喧哗
留点点光明在翠绿上面
永远播送渴望与爱
让花果开始它的神圣使命
将仁慈带到心上
把热爱书写出来
呵，沉浸生之感情的花！

1986 年 3 月

（收入《醉石》等）

赞　美

修长的生命之树
有正午的光辉
和夜的神秘

软化的钻石
冰冷而又燃烧
融合了心灵与物质

绣花的胸柔柔照耀
美在这上面盛开
永葆世界曙光

温暖的大地
霜雪中的原野
散发着野兽的气味

罂粟在黑暗里闪光
把渴望之吻伸向
永恒的一瞬

1986年4月28日
（收入《倾诉》等）

海 神

一

中国中国，沿着黄河沿着长江
最初是海洋全是浪漫
巨大的扶桑树长在海上
仙人在那里洗足，在那里吟唱

一定是很早就有人漂洋
秦始皇才命令徐福带五百男女
去求他个人长生的药方
无数帆樯桨橹沉浮在波浪

痛苦涌动在潮汐的弦上
离岸时就决定不回还
日本国留下他登岸的村名
又航向白浪滔天的远方

历史的创伤经过几千年
传说中的往事才发出回声
美洲发现了中国的楔形石核
还有复斗式的巨大陵墓

过海的八仙都是流浪汉
时歌时哭为人世辛酸
一个完全是民间的精神信仰
面对鸿蒙荒古一丸老太阳

啊，伟大的难以求索的远方
澎湃波涛托起纤弱信念
以自愿委从的花朵
无言的温婉弯身向苦难

二

中国的事情充满怪诞充满离奇
诗神竟是滑稽的魁星
一个快乐俏皮的漫游者
在八极大荒翻腾

唐朝皇帝封四海龙王为海神
形象凶恶便失去万民亲近
后来找出韩愈做南海广利王

只因为他写过一篇祭鳄文

这个反佛教的文人也得不到承认
天属阳，水属阴
最深情最狂热的海上崇拜
只能对女性产生

扼住海路咽喉的湄洲岛
南唐五代出现一个年轻女巫
营救一次又一次海难
注定要在岩石上升

大慈悲即大英雄
二十八岁的青春形体
在岛上站成心的航标
掷过双眸击响千年风声

柱形的浪旋卷而来
上下一片混沌
死亡之吻在帆外
舟子向天高呼神名

空中出现鼓吹之声
一阵香风自上缓缓降临
蝴蝶绕船双飞

桅杆上有神火坐镇

隐约看见她红衣飘振
黑发飞掠有如浪涛
胴体包裹灵光裙裾似焚
风摧雨折的枝上花开宁静

白茫茫舟行如飞
伟大的历险卷入众梦
沉重岁月刻在额上的深纹
能叫山岳哀哭！

三

农历的三月是华丽季节
一千岁月磨亮的天空
荒岛上彩绘的宫殿闪闪发光
一树大纛结满鲜灵灵的太阳

燧发枪频频轰响
祭神的队伍游行不断
帆形发式波纹衣裤
如云在海湾的镜面散步

滚滚浓烟领我走进神话深处

黑暗中双眸洞穿时空
叮当耳环在发丛寻找航路
嘘息吹开眼睫引出灯塔的光

肉体和灵魂都不能跨越死亡
信仰也曾经倒塌
历史冷冷如这荒岛
却也不能夺去最后一点幻想

认识你要经历一番灵魂的冒险
我渴望这一切不是虚无
用女性的柔情把世界温暖
深邃一如大海的梦

风波年年的国度
漫漫长夜传来天性的呼声
对人怜悯一些吧
给人多多的爱情吧

一再受风暴鞭笞
向你举起我的忧伤
让我为你眼睛所透露的语言高歌
抚慰所有寒冷的心……

1986年5月29日

（收入《蔡其矫诗选》等）

福建农学院

带着山林，带着水塘
原野在两江之中
就这样奔流向南
在历史的峭壁击起浪花
是船，或者是龙
昂首翘尾载着青春
青春在风光里
夸说英姿俊美
拥有无数幻梦

说风流就风流
青春本来就是美丽
再打扮得光鲜明媚
有如夏天进入青草地
每一天都有一颗奇异星辰
照临心的清池

每一天都萌发更浓厚的爱
献给花
献给树

汗滴江山，原不相识
生活结成了知交
就这样汹涌前去
孕育一茬又一茬的种子
把新绿覆盖大地
芳香熏染所有思绪
思绪在坦荡中
倾注早熟热情
创出新颖文字

1986 年 6 月 19 日夜

李卓吾

我童年熟悉的小街
有你的故居
你是我的同乡啊
十六世纪反封建的斗士

四百年的距离犹如昨天
那小街仍存明代遗风
已经修葺让人瞻仰的古屋
有你的精神之光
多么凄迷动人

你祖先在异域娶了色目女子
因此改奉伊斯兰教
不迷信儒家
也许你曾经航海过
也许你与大海盗林阿凤有结交

《陈三五娘》也许真的由你整理
既然评点了《水浒传》
评点了《西厢记》
一切反礼教的事业你都参与

做官也只是受上司欺压的小官
两个幼女在灾荒中饿死
一生穷困寂寞
终于向史册探索

古今多少冤屈无人辨雪
于是你提笔与千万人对垒
一石掷破历史
唾弃万世的名教
一石投向未来
探问千古的是非

念天地悠悠而怆然泪下的情怀
研讨古今成败得失
你成了最先行的心灵解放者

一生追求做个真正的人
绝不踏前人足迹
从磐石中挣扎出来
为完美人性作斗争

到处撒播反抗种子

五十四岁你弃官又弃家
在非寺非庵的人家佛堂落足
二十年忘记自己的孤独
让黑暗时代的欢歌
飞向无势梦寐

远距离的星云
也有人生的印迹
那个上疏参劾你的伪君子
说你挟妓女白昼同浴
说你把士人妻女比作观音
从者万人，一境如狂

七十六岁高龄因异端入狱
你平静地迎接死
以漂泊者的心敲响夕阳
思绪的落叶飘向故土
不自由的时代啊
死亡并不能淹没所有痛苦！

那些掩盖真相制造谣言的刽子手
并没能扑灭你的光焰
与千万人敌对的著作屡遭焚禁

可死后书益传，名益重

你与后代的希望并肩前进

1986 年 6 月 22 日

（首发于《新光》1986 年第 4 期，后收入《蔡其矫诗选》等）

长江七日

一

夜雨在满船灯光之外
两舷的风劲吹
沉默在深处漂流
把我的思念带向海边
那难忘的相怜相爱
多年持久不变
心灵装满忧伤的凝视

二

在抚爱之前
欢乐并不存在
闻着躯体的气息

和所爱的人在一起
就是泊在神圣的水域
谛听寂静汹涌
有如深井的回声

三

没有江鸥的沉郁空间
拍翅的蝴蝶
是江上唯一细节
思潮不肯安静
凝注的目光布满天空
灵魂精选的风景
清瘦的苦笑在等待我

四

柳林张挂夕阳
落霞的西天
闪射单调的光辉
盘旋饥饿的云
浊浪拒绝成为泡沫
卷起一个个漩涡
又在原地消沉

五

黑发同思绪在风中飞舞
传来温情细语
宛如凄切的笛声
但所有温柔都已错过
所有忧伤仍蚀我心
当星光一一熄灭
为飞雁高挂一轮明月

六

鹰在层岩下回旋
峡谷的风时时兴起
云雨从天降落
整个中午如同黄昏
那里雾霭迷蒙
是欲望最生动的地方
心留在阳台上

七

有声有色的炎热
使人喘不过气

谁肯写太阳赞美诗
北国来我心中
以未曾见面的新容
和一生热望的
黑底红花的秋装

1986 年 7 月 20 日

（首发于《星星》诗刊 1988 年 4 月号，后收入《倾诉》等）

石　林

伸起向天的手臂
奉献心中无声的祈求
是凝固的爱在蔚蓝中矗立
时间在上面镂刻温柔
保持万古青春

岁月残酷把一切磨成齑粉
唯有你姿态如故
在不停的嬗变中独立
对人世的盛衰毫无牵挂
对疑问拒绝回答

石头比时间顽强
沉默梦见永恒

1986 年

（收入《蔡其矫诗选》）

倒 栽 杉

倒展的枝叶四下披落
张开巨伞投下绿荫

顶冠的短根找不到大地
抚爱它的是天上的云

本末颠倒也能生存
这到底只是个别
还是具有普遍性?

1986 年

(收入《蔡其矫诗选》)

洞　宫　山

梦想倚在绿透的山原
仿佛听见波浪喧响
高崖成了船帆
峡谷出水平线

映照春色的银镜
满目流光并无波痕
希望绿的浪潮
淹没荒芜贫困

生命的源头本来也是水
百年思绪蓦然翩飞
没有完成的笑声
召唤西去的玫瑰

呵，大地！你的想望
怎不叫我心碎？

1986 年

（收入《蔡其矫诗选》）

断章三则

一

暴力左右风尚
时代召唤崇高的事业
银灰的曙色
心灵的刻痕
长记生活的残害
怨恨难平
欢乐植根在这痛苦里
笑声也如蝉鸣

二

烈火的语言
钢的音响

跨越无数歧路
无数险阻
仿佛手上擎起太阳
银河又在心中汹涌
梦里金石纷纷迸裂
诗在思念盛唐

三

这世界应该有更多的美人
让生活到处照耀水晶
让心柔软
让呼吸都是早晨

教条比死亡更险恶
它日日都在损伤人性
只有对美向往
能够拯救良心

1986 年

（收入《蔡其矫诗选》）

达 娃

十五的月亮
在树枝的臂弯里
不期而遇的沉默照耀
眷念在喜悦里燃烧
片刻离去并非过失
陌生的美
具有激情的五光十色
生命向希望追求
走过漫漫的天涯路
说不定是为了看到你

1986 年

（收入《蔡其矫诗选》）

在嘉措家做客

兄弟情谊的光波
在藏楼新房里荡漾
满杯酥油茶流溢芬芳
真挚纯朴的放射
让我畅饮雪域的太阳
捏紧糌粑
手抓人参果
都是深入灵魂的搏动
温情如音乐流过
形成永恒关系的海洋
从这边疆到那边疆
涌满潮湿的目光

1986 年

（收入《蔡其矫诗选》）

卓 玛

你的居处开满蔷薇
周身笼罩红润的青春
雪域初见仙女
喷泉般苗条轻盈

心灵和形体的魅力
可以办成世上任何事情
站在十几人抱大树下
千年古柏为你变得年轻

连空气都为你变得清新
有如森林流出的泉水
照出心灵的清澈透明

摇动在圆月中的嫩枝
祝你永远自由欢畅
为了你有一颗慈爱的心

1986 年

（收入《蔡其矫诗选》）

左旋柳

文成公主带来灞桥柳枝
插在西极高原上
因为经常回首望故乡
所以变成今天这个形状

也许是狂风总是从右边袭来
把你吹向左边旋转
在艰难困苦的年代里
左右本来就是颠倒的呀！

1986年

（收入《蔡其矫诗选》）

后藏卵石滩

当烈日高照
河滩燃烧
旅人在你上面颠簸
这是太初原始的道路

当大雨倾盆，山洪暴发
你如河流般冲下
淹没道路，斩断桥梁
司机逆你而上，绕道赴险
你是勇敢者的道路

在山岳和平地之间
你组成缓坡，使山岳变低
使平地再无坦途

1986 年

（收入《蔡其矫诗选》）

走向珠穆朗玛峰

一

黎明有小雨
道路湿透
满天铺开浓淡不一的云
独独在远方山坡上
漏下一片金色阳光
那就是希望吗？

一场很长很长的梦
横越绿野崇山
远在天边
不相信有不解缘
只要爱情与生命同在
总有一天要见面

二

蓝天终于出现
那是多层次的蓝：
海蓝，宝石蓝
以及孔雀翎尾那个小圆圈
时而一抹雨云
拖着长长昏黄的脚
以天上的多彩弥补地上的寡淡

过了拉孜县，所有的山
都是风化了的碎石
布满砾石的河滩
流着混沌浅水
过了新定日
所有的山都奇形怪状
披着暗绿和浅红
山头残堡，路上驮骡
这从来是通尼泊尔的商道
羊群和清水
组成一片生动草野

三

过了一座大桥
旁边就是旧定日县
珠穆朗玛，女神之山
在云雾缭绕中隐约可见
横亘天宇的冰雪
制造多少眼障
珠光宝气的云絮
粉蝶般静静飞扬
搅动半空恍若残梦

过了定日的山
在浅草水光之上
回头一看
女神揭开一角纱巾
让我先于别人看到奇异景象
一块晶莹巨石
镶在四周云雾之中
纯洁发光体高悬天顶
只几秒钟就失踪

四

然后我从国境线回来
住在古措兵站
远望珠穆朗玛在落照中
已经没有遮掩
裸露如同卧龙
翘尾的西峰
被夕阳照成黄玉
中峰清晰，东峰雾气茫茫

五

天刚微明就走近神圣
在黑暗的荒地上
千盏华灯组成另一光明顶
无限的清晰透亮
连主峰东峰也如披袈裟的僧人
坐在众山之上思索世界

冷白的焰火
冰封雪盖的寂静
亿万年不变大地的良心
面对宇宙的历史深刻洞明

光怪陆离的里面
并非仅有荒芜中的圣洁

犹如幻觉
在谛听潜藏心底的歌
一个尚未响应的号召
正在空前的裸露中上升

1986 年

（收入《蔡其矫诗歌回廊·伊水的美神》）

羊卓雍湖

女神的蓝色飘带
迂回着念青雪山
如云的羊群
蠕动在湖滨草地
大片墨绿中
点缀淡黄小花
偶见一两处无人小村
牛绳般细小山道
一切像在沉睡
只有寂静在回响

蜗牛般卷伏的山连绵不绝
头上闪闪银光的积雪
漠然生辉，肃然不动
苍凉洁净无法描绘
仿佛尘世消失

大块色彩下的柔情
凄清的美
可以观赏却不可以生活
有如纯粹的真空

世界上最美的湖山
放射非现实诡谲之光
神圣化的肃穆
大地最初的青春
人类至今还没有伤害它
梦想的孤寂
在这里得到体现

航向远古
冷漠而又深沉
面对这澄清邈远
心都变得明净
一个超现实的世界
为美开辟另一个纵深
不是蛮荒
却保有原始奥秘
也许这就是
人类另一个黎明

1986 年

（收入《蔡其矫诗歌回廊·伊水的美神》）

赛　马　会

一起，一落，一收，一纵
彩衣少年伏在马背上
马蹄以不变的节奏
把草原敲响

一年又一年殷切期望
一月又一月栉沐缝纫
一日又一日刻苦训练
得到奖品只是蹩脚石膏像

老于沙场的吐蕃兵哪里去了
威武叉子枪在何处收藏
巨变流离的年代
何时能见矫健的翅膀飞翔

热情横溢的黑玫瑰

眸子里有子夜的神秘
强烈色彩下的静穆之美
何时能高唱英雄再起

半穿闪金缎面的皮袍
用珍贵的獭皮镶边
鬓旁拖下发辫的红穗
何时微笑的眼睛痛饮胜利

见过本教庙堂的废墟
见过东藏明珠森林的消失
在时间的每一波涛上
我寻求丢失了的一瞬间

各个民族的命运息息相关
谁都不是旁观者
让我们共担彼此的苦难
把失落的光荣找回

1986 年

（收入《蔡其矫诗歌回廊·伊水的美神》）

藏北草原

褐色雄鹰低掠草尖
山丘赤裸
太阳没完没了地晒着
谁都不敢凝视炎日瞳仁
一条又一条巨大弧线
移动无声无息云影

羊群仿佛是在海上吃草
海滩散布牦牛黑点
偶有缥缈轻烟
帐篷便是风帆
这一切仿佛从消逝的岁月
传来渺远的回声

也和海洋一样
看不见一棵树的绿荫

唯有洒上银粉的云
是这里最生动的生命
仿佛美的生活美的历险
都不在地面而在天空

深厚闪光的云块
是天的盛装
有如沉默的鱼群
岩石的波涛
缓慢的怒潮
非水的瀑布在峰头倾泻

蓝天白云终于疲倦
让位给满天星焰
照亮草场上多彩花裙
围着跳锅庄
扬起尘土
几乎把半月遮住

这就是古海吗？
这就是不断杀伐的战场吗？
唐藏古道
经过这里的黑河雪岭吗？
羚羊和野马
成群在这荒漠上飞奔吗？

烙过时间的印记
广漠是如此崇高
非人工所能达到的雄伟
洋溢着无穷的活力
这是对远方未来的思念
这是对陌生世界的向往

1986 年

（收入《蔡其矫诗歌回廊・伊水的美神》）

洛巴村

林谷的兄弟
面目枯焦
头戴熊皮帽
两片黑毡束身
腰间又是短剑，又是长刀
还挂着一个圆箭筒
箭簇有两支毒箭
手持似钢乌黑的大竹弓
走过铁索桥
登上猎人的陡坡细径
一切景象都如太古

板屋简陋
三石灶的火整天不断
烟从四墙的空隙间流出
厩棚就在隔壁

洛巴饼就着牦牛肉
招待我以大碗青稞酒

肥沃而又贫穷的山村
湿漉漉的泥路
牧猪老人在蹒跚
三天两头下雨
繁花遍地
桃金娘艳光照眼
说不尽的迷人娇柔

一条雪白的急流
惊心动魄地呼喊而来
没尽头的冷杉林
风都无法透过
沉重的湿气笼盖一切
幽暗林中垂着松挂蜈蚣草
既像青苔又像茑萝
高处是积雪峰顶
瘴气封闭林莽

居住在中印边境的密林
漫长的刀耕火种
满怀爱情无处倾吐
长期以来在寂静自生自灭

什么时候能拽落历史的幕布
有一片纯属自己的天空
享受未曾生活过的好日子？

1986 年

（收入《蔡其矫诗歌回廊·伊水的美神》）

花　地

汉代就开始进贡花果
欢乐曾给这土地留下梦痕
荔枝在炼钢昏迷中砍倒
苦难也给这土地留下恨迹

万物在过多的日晒下淡化
诗人厌恶螳螂
思念蝉声

探索人生的这片江岸
时间的脚步在柏油路上鸣响
绿色工厂正在清理地基
再让万花为生命润色

尼龙网上菊花盛开
含苞的郁金香
正在展翅

1986 年

（收入《蔡其矫诗歌回廊·翠鸟》）

荒谷瀑布

悲伤的石壁
迸射泪珠在雨后
古老土地怒张皤然须发
青春年华展开哀怨百褶裙
只听见落水萧萧
回音沉沉！

林木早已消失
遍山找不到绿荫
眼睫毛倾泻的涟涟水滴
不会是无端弹拨竖琴
长年叮当乱响
有谁倾听？

童山秃岭之间
忧愁的发光体悬挂天心

被击碎的灵魂在黑岩石上
散发为飞舞的水晶
扬起闪光的尘埃
和落叶叹息声

乱纷纷星河银座
阵飞起疯狂的鸽群
没有众多生命的衬托
再高，再阔也是单调寂寞
苍凉的深长回味
美总是悲哀的

银河的光明姐妹
眼睛沾满梦的露水
生命不断受伤又不断复苏
新的开始总有新的觉醒
漫天的云为你在萧索中
洒下这点点碎冰

1986 年

（收入《蔡其矫诗歌回廊·翠鸟》）

鲤　鱼　溪

也许是对山洪的恐惧
希望神鱼会在灾前报警
闽东北高山的傍村小溪
总有一段截流养育锦鳞
独具一格的风景
于是诞生

巨变受难的日月太久太久
露出人心最可怕的残酷部分
多少条河流近乎干涸
多少种民风消逝无影
只有安定团结的村镇
保持了传统的热情

就在这偏僻闭塞的周宁
看到了先民的童心

那妇女淘米洗菜的水边
游鱼在争夺残渣碎屑
人鱼之间的友好
带来旧的和新的文明

在自然和社会中滥施破坏
让毫无忌惮的私欲杀戮春天
损害与荒芜互为因果
随后是濒于灭亡的落后贫困
对一切生命都背信弃义
才进入迟缓的觉醒

当人在自然中恢复仁爱
连鱼鸟都会变得亲近
以天人合一的状态创造春色
让鱼有自由流水，鸟有浓荫
在生命与生命的和谐中
走向繁荣

1986 年

（收入《蔡其矫诗歌回廊·翠鸟》）

鸳鸯湖

无言风景
沉寂半透明
初开芙蓉为光遮蔽
天底下栖息冬日的爱情

连候鸟都选择无人僻境
人类不被信任
隐藏在树丛下做梦
所有动作在美丽中寂静

对自然经营博爱
智慧和道德都有延伸性
唤起有过而又忘记的情景
保护和帮助万有共存

1986 年

（收入《蔡其矫诗歌回廊·翠鸟》）

楠　木　林

巨大浓荫上面枝柯纵横
一层层上升
植物芬芳的世界
空隙中的风舞动倩影

抵抗无所不至的罪行
人渴求鸟声
以甜美的音节
让所有道路都通向幽静

一切都在销毁
一切都在完成
晶明滴翠的草地
凉风荡漾的水
使绿永恒

1986 年

（收入《蔡其矫诗歌回廊·翠鸟》）

⊙ 1987 年

在　西　藏

洪荒的冰风在蓝天的回旋中怒吼
一切既清晰，又朦胧
旷野和陋屋，展露与深藏
雪白与枯黄
大块色彩下蕴含热情
如焚的白昼，如炽的炎云
生命悲壮苍凉
因孤寂而更显沉重
命运迈入新夤缘
意识冲出肉体的束缚
无边浩瀚的美丽使我迷惘

再也没有什么广袤大地
能有这种想象的自由渺茫
漠漠雪野在云下飞转

如梦轻烟飘过不为人知的荒原
寺庙的金色高墙
印满牦牛脚迹的杂花草场
以豪华的寂寞，粗犷的寂寞
向苍穹论证大地的悲伤
灵魂孤独进入怆丧
有如命运那样不可抵抗

把意绪投寄无言的寂静
心灵进行另一次彻底裸露
身处大地边沿
感到混沌在扩大，飞升，飘逸
诉说人间无限的压抑
自由只能沿着已有的道路
荒漠不可接近
一切旅途都在梦中
那漫长的道路
只有如雪的沉默到处富余
似乎永世洪荒的独语
已伸入我的灵魂

无数的高峰撑起梦境
瀚海一亿金星中窥见女神
风餐露宿的旅程
一尺尺浸入冥色

积雪峰顶发光的忧思
高悬在命运的上空
通过使人憔悴的风尘
无人迹的荒芜
萌动大地的哀歌
用最强烈的无人知晓的寂静
颂扬宇宙万象
我永远不是单身

1987 年 3 月

（首发于《诗刊》1995 年 9 月号，后收入《蔡其矫诗选》等）

拉 萨

太阳最早照耀的地方
时间的脚步却缓慢地旋转
朝圣者沿黄昏河边
一面走一面转动手中的经轮
旋转的老柳树，旋转的八角街
狂信者爬下，五体投地
以身长在丈量信仰的一生
那是不是我？

生是罪愆，死是祭献
天葬台熏烟缭绕
精光的山盘旋秃鹫
投在地上的阴影催人泪下
最高天性的怜悯
全然圣洁的修行
孤苦伶仃披破烂衣衫

登上阳台便步入天空
阳光强烈，空气飞扬金粉
日光城又是夜雨城
早晚的寒冷簌簌有声

为了节日的庆典
铜锣般的太阳叮当作响
仿佛心瓣被敲击
对于永不彷徨的灵魂
林卡是欢喜之地

金山上的金寺，大地托举莲花
纯洁在不纯洁里面
高贵在平庸里面
望见它就忘记一切罪行

上苍不公正的分配，构成错误的海
宛如荒凉的采石场
饥饿的山，嗥叫的云
千百年前熄灭的火
苍天暴虐无度
又蒙上面具

庄严华丽的佛堂，卑微简陋的住屋

相亲相爱有如情人
绝没有什么今天明天的奇谈
只有前生，只有来世
残酷在内心深处永远得胜

天真的狂热不断加强
以至失却现实的辨认能力
唯有谛听冥冥的上界
幻想做个采云者
在没有慰藉的地方寻找慰藉
那就是我，那就是我

1987 年 3 月

（收入《蔡其矫诗选》等）

答　谢

虹里的歌声神奇奥妙
解事的风吹舞一朵玫瑰
绵绵春雨中
倾听杜鹃的啼鸣
每一响都是诗的音讯

天边的风
这一次不是擦肩而过
在紫丁香的处女林
我认出了漂亮的纹身

1987 年 4 月 28 日

（收入《倾诉》）

女　　体

一颗丝绸的心
包裹永远奔逐的云
布施雨在山巅
张挂虹在天顶

面对虚无纹身舞蹈
以爱抚平坎坷的人生
举意动容泯灭忧伤
荆棘的火照耀谁的眼睛

越过飘游的风丝雾缕
梦在沉沉秋水上升
百合花自银河倾泻
向软心肠的女体致敬

1987 年 12 月 8 日

（首发于《上海文学》1989 年 11 月号，后收入《倾诉》等）

影子的笑

我认识苍白的早晨的脸
眼梢有夜的光轮
心的世界开阔宁静
一丝影子的笑
那是岁月的伤痕被美惊醒
把孤独的荣耀赋予诗歌
仿佛异乡的吹箫客
歌声低沉并不减少豪情

幽淡的花
梦里的绿叶
南风中有远方的叮咛
热爱形体如热爱灵魂
对幻想对现实
同样具有不移的确信

1987 年 12 月 11 日

（首发于《上海文学》1989 年 11 月号，后收入《倾诉》等）

年 代

真理谬误被人颠倒
不自由莫大痛苦
娇嫩的花风吹雨折
政治年轮一下子增多

心灵饱受折磨的大山
只听见一声呼喊
在这喊声中
泪雨找到路奔向海洋

1987 年

（收入《蔡其矫诗选》等）

严羽沧浪阁

千秋大雅的雄手
在另一个动乱的年代
从军抵抗蒙古兵
挥戈浴血
却受昏庸政治迫害
拂袖归乡，垂钓礁石上
啸吟向烟波
著书风雨夜
后人为纪念他
礁石上垒起台阁
立成富屯溪壮丽的风景

芳华乍吐
本可以钟爱尘寰
无奈年代贫瘠
唯诗给予百感千情

心湖里正气直升
不依傍他人的篱壁
笃信自己认识的艺术规律
第一个区别诗与非诗
和江西派的模拟创作论战
沧浪诗话如鹤唳冲天

真知灼见横天为虹
却停留在朦胧的岸边
照亮诗坛七百年
也寂寞七百年
仿佛一颗遥远的星
微光对永恒黑夜反叛

1987 年

（收入《蔡其矫诗选》等）

江淹梦笔山

不要说往事融化如冰
访古辨踪找不到证明
细雨中满目浮烟
失落的梦
用诗的魔眼催醒

当泪滴山川
南浦绿波生别恨
弦歌动四方
风流嬉戏总是为多情
在寂寞中排遣山水的爱
喷珠吐玉由于忧愤难平
才气出自艰难潦倒
富贵便囿于腐曲酸文
没有爱
生活负担着罪孽深重

盛气凌人
所有的美便都消隐

当角声孤起
碧山为你潸然泪下
与表达自我的需要融为一体
神来之笔掷地有声
以高节
向人生
把痛苦锤击延展为金饰
忧伤转变为发光的声韵
诗笔光彩不生尘
穷益精
老益壮
徒步在人群中永远年轻
平常的每一天都伸向无限
诗人的呼声便是全体的呼声

1987 年

（收入《蔡其矫诗选》等）

湛 庐 山

千年历史的古道
所有绿苔青藤
用隐约模糊的细语
回答我无数疑问
湛庐古称昆吾
字音相近
应当都是古越语的音译
可词义是什么？
已在历史黑暗中消隐

文明是血泊里开放的花
武器是时代的先声
剑啊，泯灭在阳光里
照耀在夜色中
王者和将军
握着你如握一条彩色闪电

弑君可穿透甲衣三重
佩带更威武堂皇

一把剑演出许多传奇
使这座山著名
历史有回声
那个神秘的冶炼师傅
拿宁波的铜，绍兴的锡
放在闽北含铁石砌成炉灶
无意中促成新金属诞生
人民为纪念他
选这座高峰立祠建庙
山成了剑的象征

时间的长河总在交易
千年来，纪念祠让位
金身佛像占了正座
这是一种调剂
杀伐太多
需要大慈大悲
这也是千年悲伤的历史

1987 年

（收入《蔡其矫诗选》等）

寿宁少年

晨雾的公路上捧着书本
远方的梦在稻浪禾波上升腾
课堂里闪着乌黑湿润的眼睛
一串净水钻石挂睫上
小城并无纯然的寂静
前后是青峦的山涛浪影
四围烟海云树溅泼出鸟声
天体的风在心中轰鸣

1987 年

（收入《蔡其矫诗选》等）

冯 梦 龙

告别繁华的故土苏州
走马登上闽北崇山峻岭

数十年蹭蹬考场内心忧郁
所以逍遥艳冶地，游戏烟花里
爱上风尘中的诗
成了歌坛的怪杰，小说界巨擘
五十七岁才中贡生
犹未了平生志

也许是追慕李贽才来福建
六十一岁高龄耐得寂寞
以一己风霜造万民雨露
留四年政绩在破败的山城

那时候揭竿斩木的烟焰涨天

光明的火炬尽照逃亡
阴云总是多于黄云
筑坝修仓有何用

寿宁任满再未做官
却成复社盟员反击阉党
随后又是抗清义士
延续到最后一息

修明政治永远是一场梦
百年苦情有翠微

山高水远的蕞尔小县
荒庭老梅只剩秃枝

1987 年

（收入《蔡其矫诗选》等）

梅 林 戏

以繁复迥异的方式
艺术在各个地域诞生
成为心灵的银河系
可以在众多时空中航行

夕阳中寒鸦绕树
荒郊野渡无舟也无人
悲切丝弦拓宽梦土
凄婉的容色照亮了灵魂

喜新厌旧杀机顿起
世俗的冷暖并不陌生
做一个人性揭发者
总兼有正义和恻隐之心

温情和幻想的无限量
使所有艺术都能够长存

1987 年

（收入《蔡其矫诗选》等）

中印边境密林

一脉直刺青天的高山
一川白浪翻滚的冷水
一片摇荡黄花的草地
走过一队英气勃勃的骑士

鸟鸣发自山的肺腑
涛声发自河的内腔
草上风的吹舞
撩乱了鬓发，掀起了头巾

1987 年

（收入《蔡其矫诗选》等）

择当甜茶馆

街上没有路灯
只有机关的招牌亮着
有一家店门略开一缝
里面热气腾腾

所有圆桌坐满藏族青年
每人只叫一杯甜茶
静听扩音筒流出外国舞曲
生疏的旋律太不调和

有一个半老藏民
二角一杯的甜茶买不起
面前空无一物
坐对每一个人微笑

1987 年

（收入《蔡其矫诗选》等）

龙虎山下

峭壁风销雨蚀
两岸崩岩紧迫
明媚的山光水路中
飘拂梦幻气息

瘦舟如羽毛漂浮河面
大写意中出现红点
豆蔻年华的船女
一根长篙撑破群山

形与色的和弦
山水和人物交汇
宇宙的陶醉
泸溪河最灿烂的一刻

那片风景缓缓消逝

灵魂叫喊
人已失落水路上
留一张无影的底片

1987 年

（收入《蔡其矫诗歌回廊·伊水的美神》）

松　　溪

不要问怒吼般的松涛哪里去了
刀痕斧迹没留下黄黄泪滴
不要看横贯群山西去的清溪
无言河风吹舞造纸的白沫废水
神奇的樟树带也不必搜寻
龙钟的撑天巨伞已所剩无几
村口的老银杏
临河的百年蔗
都在寂寞中艰难喘息

1987 年

（收入《蔡其矫诗歌回廊·翠鸟》）

九　石　渡

古色古香的麻石路
徐霞客从前走过
当水边浣衣女
吃吃笑声杂着杵声
百叶船荡开垂老的码头
走上废弃的古航道

空中流动牧歌韵致
山在倒影里沉醉
对岸是濒灭的小武当
希望在惑人的山川羽化
滞留过隐士的登仙梦

丹色的九石山下
窄窄的长坪和细畈
白茫茫的一片萝卜花

野渡寂静
汲桶荡开迷雾沉沉

寂寞也有最美的时候
如情人眼中的浮光潋滟
大自然通体透明
老去温情依旧
咀嚼罕见的绿净

阴影似乎并不存在
梦魂在那里消隐
一段古朴小径
柔风的乐章抚摩明眸
从那里流出水声

1987 年

（首发于《江南》1988 年第 1 期，后收入《蔡其矫诗歌回廊·南曲》）

仙　霞　岭

盘行在云岭重叠中
山路如蛇腹旋转
以半天为世界
接岫连峰延绵曲折
冈峦错列成排
似有巨手遮天蔽日
峡谷幽暗
可怜的陆游
从这里骑瘦马披重裘
踏晨霜入福建
鸟道侧身难

千峰拔起小雨飞空
云团跃上跌下
卷波泼浪
俯视万丈深坑陡削直下

三省的村落在眼底
鸟没处白烟茫茫
漫山翠竹
枝枝都有千瓣幽香
南向尚有层岭叠嶂
相互隆起对峙
闽浙咽喉
郁郁成雄风

青苔的石垣关壁
历史怆然泪迹
虽是通途又是樊篱
可屡次无人守卫
让军旅长驱直入
唯有黄巢在这里安营扎寨
拓道数百里
如今游人络绎不绝
于草木蒙茸中
雄关成了风景地

1987 年

（收入《蔡其矫诗歌回廊·南曲》）

旧 友

日子过去
情谊长存
哪怕疑问在岁月中时时响起
深藏不露的心脉
总在无端的喜悦里开花
暗暗涌动如江河不歇的生命
传递神性的追求
一如大地的长青

1987 年

（收入《蔡其矫诗歌回廊·风中玫瑰》）

⊙ 1988 年

海　　滩

青春的旗帜
在生命的高桅上喧响
受故乡抚爱的风吹拂
发烫的脸
从乱发飞舞下闪亮

具有天使的音色
笑声弥漫整个天空
漫过我的心温柔娴静
成为生活又一信号
落叶归来在春天的弦上

渗透的沙面水光如镜
看你在镜面欢叫追逐
灵魂成一幅光明的风景

有多少秘密
在如烟的远方

1988年2月19日
（收入《倾诉》等）

青　春

青春的旗帜
在生命的高桅上喧响
受故乡抚爱的风吹拂
发烫的脸
从乱发飞舞下闪亮

具有天使的音色
笑声弥漫整个天空
漫过我的心温柔娴静
成为生活真正信号
落叶归来在春天的弦上

阵阵浪涛欢呼而来
未成熟的诗句梦里飞翔
真想把你拥抱入怀
潜入友谊的深海洗过

焕发为早晨的太阳

沙丘的风纹
给出多少纯洁的梦想
渗透沙面水光如镜
看你在镜面欢叫追逐
灵魂成一幅光明的风景
有多少秘密
在如烟的远方

1988 年 2 月 19 日，园坂村

空　山

注目凝视刘海下面
睫毛闪射的黑色光芒
相逢在大地这样晚
我感到悲伤

诗中沉默的雪
黄昏苍茫坡道独自彷徨
青春暴雨迟迟不来
生命彩图只绘冰莹想望

应是山中花的姐妹
和光明的白昼一样漂亮
溪水映照如血的衣裙
浸染中午金色阳光

心灵和心灵接触

要诉说竟无言辞
灼伤灵魂的渴念
照在无人知晓的黑暗

1988 年 2 月 20 日
（收入《倾诉》等）

寄　三　亚

接纳一切又被一切接纳
深情厚意在美感之上
寒冬的梦
解开生命的忧伤
体验人世的欢欣
感到解脱的幸福
生活的召唤真是无穷无尽

从生命走进生命
如雨找到路归入大海
黑夜流入我眼睛
生命大声喊叫
尊重灵魂的神性

1988 年 2 月 21 日

给冲浪者

在命运的海上搏击
呼啸旋转在浪峰波谷
目标不在彼岸乐土
只是表演生命潜在力量
借风曲线前去
绕过漩涡跃向天际
活脱潇洒有如飞翔
在海的坦荡怀抱
写忘情的诗

1988年4月12日

（首发于《诗报》1988年第1期，后收入《蔡其矫的故园诗情》）

登　山

疏林下走去的背影
胸前也许是一束杜鹃
要献给新交的山

静默的风景
山路飞过一只春燕
草木燃点绿色的火焰

眼波洗刷灵魂
挹尽美丽在瞬间
心在寻求季节的开端

倾听山风的涛声
为了冲毁所有的墙
给我永无休止的波浪

1988 年 4 月 21 日

（收入《倾诉》）

雨 中

春天末梢通体透明
谷雨在路面溅星
共举一把花伞
感觉另一个人的体温
漫天的低云轻雾
甚至有节日气氛

青春的橄榄枝
未道破的深情感应
分别在积雨站台
向晚心绪不须叮咛
生命之泉无声
思念是花开永恒

1988 年 4 月 25 日

（收入《倾诉》等）

等待的心情

说我等待的心情
思念春天的雨点
重来如歌的夏日
已成匆忙的轻烟

说我等待的心情
有如花的落瓣
碎在深潭

1988 年 7 月 1 日
（收入《倾诉》等）

无题·我青春已逝

一

我青春已逝
心上长着荆棘
你却正年轻
嘴唇含着花枝
不平静的秋水啊
在阳春光耀里战栗

二

谁也没有你的步态可爱
谁也不能像你笑容那样天真
家乡话在你说出时最好听
看我是一片纯洁的眼睛
当我热爱美的时候
你是我年轻的神

1988 年 7 月 9 日

美 女 峰

来自远古洪荒
生命在死亡之地
观音的幻象
风雪中永无憔悴

螺钿的珠光
宝石的银辉
不知不觉的微笑
吹舞四周感觉的云絮

仿佛是梦中的高原魂，雪海魂
为人生的悲壮苍凉而恒久沉默

1988 年

（收入《蔡其矫诗选》）

藏　戏

紫铜色的面庞在歌唱
格萨尔王之谜沉郁雄壮
那焕发美色的眼神
牛奶般雪亮

双眉如刀锋
眼眶好像竹弓
持久的爱或快速的死
全是强健蛮悍的古风

要传达爱情的信号
便把身手摆动
悠长韵尾的无字歌
把热恋飘到边旁

高昂唱腔慢如流水

正配合氆氇花裙漂动
一鼓一钹的紧打伴奏
也如荒漠中牦牛踏响

1988 年

（收入《蔡其矫诗选》等）

雨雾武夷

柔风乐章
旋卷的云丝
于万籁沉沉里滚动
山在空中飘飞

树影是仙姑款款来时
说起蓬莱清清浅水
似乎看见了大海巨鲸
播弄云涛酽酽地绿

爱人眼中浮光潋滟
步上阶石
地面的梨花落瓣
经雨点点似泪

1988 年

（收入《蔡其矫诗选》等）

武夷桃花源

没有一块残碑记载彩梦
浓荫中隐隐有潺湲流水
黄尘滚滚难到
仙境正应如是

桃花在枝梢挂着冷冷瑶台月
古树围绕新殿旧址
静处看壶天
寂寞也有可爱时

千古征战
百年动乱
天地失色
何如贪看红妆在寿岩上
咀嚼寂静在春风中
踏遍花径在烟雾里

1988 年

（收入《蔡其矫诗选》等）

幔亭山房赠陈建霖

千古峰前仙人云集
空中飞吹箫鼓沉沉
偎香倚玉以诗酒相娱
幔亭会也是避秦人

老去温柔失旧梦
仍与山灵有夙期
草坪掬流霞
泪洒毁林碑

历史犹如河沙
一层一叠相陈相因
不如清溪一杯在手
笑靥长对武夷风云

1988 年

（收入《蔡其矫诗选》等）

导　游

戴带饰物
飘送芬芳
赏心悦目是那笑靥不灭

挥云弄日
水面流星
竹筏横斜时指点青山万叠

姿影同碧水妍丽
竟日引诗联景
夜深蹁跹起舞
年华永远嬉戏在岚光水色

1988 年

（收入《蔡其矫诗选》等）

大 学 生

希望和失望
交织在同一个时空
与僵化观念决裂的一代
是未来世纪的曙光

向怒目而视的权威挑衅
在昏暗冷漠的战场上
警号早已吹响
自由在触摸不到的地方

1988 年

（收入《蔡其矫诗选》等）

醒　梦

一

时代给人的创伤
在每人身上并不一样
一次失误便成永久弃绝
梦之花在无望中熄灭
把自身奉献给权力
已经伤毁一次
可以拒绝成为泡沫
退出浪潮的行列
一切庄严杀伐
再与我无缘

二

头上澎湃着现代激情的怒涛

卸空了的生命小舟
装载新的命运
不再用网罟滤掉真貌
也不必叩问前路
谛听寂静汹涌
亘古的民族积淀
群体深层意识
纪念碑留给他人
我只倾心大地的哀歌

三

迎风侧下我的伞
失望喷发为泪水的长虹
截止愚公移山的童话
傲慢在现实壁上撞出丧钟
真理既然是灌注敌意
杯子里便斟满苦水
岁月嘲笑记忆的悲伤
真的革命冷冷无声
正等待诗来解释

1988 年

（收入《蔡其矫诗选》等）

炎　方

仿佛有两个太阳
同时当空暴晒
火的气流抚我身上
汗如泉涌
榕荫，你在哪里？

凤凰花的艳红
响亮的铜号
用颤音描绘早晨
抱怨无用
不如到火中求风

中午白光
激起花草的狂欢
晚风吹动月色
株株椰树是孔雀乱舞
把水银泻落沥青路上

1988 年

（收入《蔡其矫诗选》等）

椰　女

穿薄纱的姑娘
隆起的胸脯
隐藏一个大海
两座珠峰
在云雾闪闪中颤动

厚实的嘴唇
一朵硕大的郁金香
条纹清清楚楚
无影无迹的笑意
不胜重载的多情

棕黑色的焰火
浓密的乌云
炫示十足的健美
完全成熟
却柔嫩如早春

1988 年

（收入《蔡其矫诗选》等）

新　盈　港

灵魂的舟子向往的静水
被人忽略的渔港
在讲一个慵倦的故事

蔚蓝的长波漫溢心岸
只有橹篙的轻灵摇荡
回答船的呼喊

朝阳的流苏散开
把凤凰花燃成火焰
黄昏在海上演奏忧郁
黑夜渔灯盛开
把一树又一树的歌调点亮

不露声色的渔女
温柔的注视如缕缕月光

海风把她的胸腰勾勒
一支浅淡黄莲
开在素净的夏天
于我盈盈的渴望里
写一天的浪漫
也许是缆
系住急流中的船
也许是虹
绚丽却短暂

橄榄味的孤独
把记忆的空杯充满

1988 年

（收入《蔡其矫诗选》等）

朝　云　墓

白发诗人的美神
冰肌玉骨埋在松林
不眠已经几世纪
把沉默铸成了歌声

一路风尘来惠州
为青石上千古丽人
那图像依旧照耀
被人渴望的一片纯情

寻找无缘消受的美
得到的却是崇敬的心
消失已久重新出现
犹如夜风擦亮的星

泪水浸泡的心

不必为墓碑哭泣
原始伟大的爱
终局也犹如开始

瘦削单薄的玫瑰
被命运一片片撕碎
但敛云凝黛的神态
却千生万生永在

哀怨乐曲中悲伤音符
波浪上飘零的落叶
一切流动鲜艳的秘密
也如生命那样深奥莫测

1988 年

（首发于《星星》诗刊 1988 年 10 月号，后收入《蔡其矫诗选》等）

载 酒 堂

急雨斜风的黄泥路
汗滴在蒸腾的湿气中
忍饥受渴的步行者
泪眼仰望高树的风

黎家的三亩地
已不是当年沦落模样
踏过轻荫淡影
仿佛登上了正气堂

九百年前他垂死投荒
借大自然拂拭忧伤
雷电的笑声解他愁怀
变色风云催诗走龙

云下有垂天双虹

海上有快意雄风
万壑之中只取一壑
忘情物我便自由狂放

春梦也不是了无留迹
峦头的笠影
印泥的屐痕
作万代诗人的表率

1988 年

（首发于《星星》诗刊 1988 年 10 月号，后收入《蔡其矫诗选》等）

苏轼暮年在桄榔庵

月夜到江边汲水煎茶
雨晨出门是为写诗
有迎送的小童吹葱叶
辨别归路是认牛屎

也常头戴椰子帽
背负盛酒器
做个流浪民间的老歌手
踏歌颠步在荒野里

聚粪东墙下
凿井牛栏西
尊奉陶渊明不是为口腹
平生不说愁滋味

本心潇洒如花

也并非来自禅意

1988 年

（首发于《厦门文学》1989 年 11 月—12 月合刊，后收入《蔡其矫诗选》等）

二十八曲

仿佛是一个信号
你在正午到来
温柔的心不让广袤虚空
焚毁的山重建新寺
维护所有的闪光
美的萌芽不能憔悴

风景在改变
人在创造另一个自然
石砌的山道蜿蜒
众树还未开始歌唱
一阵柔风吻你的胸膛
沉静的河水和你对谈

眼前沙溪转折为半轮明月
青翠七峰默默无言

在天籁的弦声中
你神情豁达
心智高远
一片秀色有水绕山环

夕照下细浪翻红
等你等到月上中天
十里平流映着无声灯火
有云在半空盘旋
宋代的李纲也许归来
正在临流兴叹

1988 年

（收入《蔡其矫诗选》等）

又见松溪

一

一天的浮沫流尽
河滩飘动白色连衣裙
极目幽蓝的水
最美是黄昏

晚风把烦忧带往深沉
暮色开放宁静
意识不经自然调剂
人无从清新

二

一声声鸟的啼鸣

在远近渐明的山间
似晨星敞开歌喉
为新天婉转

在时间的每一波浪上
都有美好的开端
摘取感情之花
扔掉思想的锁链

三

正午阴影的秘密
是天空闪烁在人面
寂静被笑声
裂为银亮的碎片

四

众树垂挂雨丝
纯洁处女穿湖的内衣
珠光宝气的云影
把渴望带给悄声细语

告别一个朽旧年代
引进一个新时期

所以山地玫瑰
在水的清凉中沉醉

五

现代初入小城
夜正年轻
当舞曲开始
秀发旋转成云

生命的召唤无穷尽
人要掌握自己的命运
改变生活的方式
日夜都在启程

1988年

（收入《蔡其矫诗选》等）

朱熹在武夷山

琴书四十年的山中客
曾是神采飞扬的美男子
从末梢去看生命年轮
夫子与门生的爱情
怎么会是半人半狐的故事？

青春形体绚丽如云
竹林里向美屈膝
什么风尘，什么缘分
小径留下潮湿足印
是那么轻浅，那么纤细

也许新月就是爱的使者
在弥漫枝叶的银辉里
内心的女神苏醒了
原始的力量如潮汹涌

伸手摘花哪管有刺没刺

肉体有限度的满足
原是人最低权利
爱是旺盛生命力的流动
它既坦率又隐晦
既毫不动摇又带点犹豫

圣贤节义灭不了欲望
人欲也就是天理
情真意切不问来踪去路
寂寞不笼武夷山
神和道都在人体内

始终相信又永远忘却
思想原是感情的长期积累
在女性怀抱中
感受宇宙的脉搏
片刻凋零也不后悔

1988 年

（收入《蔡其矫诗选》等）

柳　永

怎么成了汴京的浪子?
科场屡屡失望
熄灭跻身仕途的志向
把浮名换浅斟低唱

贪看顾盼的风韵
对美的崇拜进入疯狂
勾魂摄魄的眼睛
在心声的歌曲中迷醉
世间无物似情浓

欲望光明正大
享受也正大光明
用爱掂量命运
魅力是永恒的花期
眷恋升华为诗

恣情纵性唯诗独步
深深的意绪低低倾诉
说尽人间千娇百媚
拆除柔情与放肆的屏障
扩大诗的领域

未曾辜负片言寸心
欢情无数，爱意无穷
有我乃至无我
灵魂自由在热情中

发现人心的丰富华美
诗的精华依附少女
爱多深，恨多长
艳阳天变成潇湘雨

三十年科场终于小得
仍在野桥新市追逐欢笑
前情旧欢都未尽
暮雨朝云韶光过了

浪迹江南
总是烟水路程
无数次望断天涯

无数次两无消息

狷傲而又柔弱
永无停息的感情流浪
终止在北固山下
至死都未回乡

1988 年

（首发于《诗刊》1989 年第 2 期，后收入《蔡其矫诗选》等）

黑白之间

高悬的光明
深藏的神秘
知识天空不再宁静
探索必然在梦想不灭

温情绵延于整个生命
却尝遍守夜的滋味
那条漫长道路
欢送多少个春日

书写出来然后擦掉
白尘落地成哀伤的玫瑰
霜雪照耀黑夜
谁是明天的花枝

1988 年

（收入《蔡其矫诗选》等）

自　画　像

相形家说他鼻梁上
隐藏着第三只眼睛
在卧山横波之间
竖着看世界
无遮无挡
一任风吹日晒
既无憎恨
也无泪滴

这世界有许多
不应重视的明日黄花
所以崇拜才华
蔑视权势
得到的很快丧失
而丧失的又都换来愉悦
对别种样式不多照顾

唯把虔敬献给诗
难以传达的则用沉默表示

也许因为生命中有太多痛苦
所以热血总在追求欢乐
对自然，对云水
对花草，对一切形体的魅力
奇迹出现过，又消隐
苦苦等待新的命运
不知老之将至

悲伤如阴暗的黎明
绝望如风雨之夜
希望却似露水滋润的绿野
可那些鸽子像哀悼的蔷薇
从青空的灌木丛纷纷落下
如今平静也缓缓降临
从黄昏的垂暮
他还能在眷恋中远行吗？

1988 年

（收入《蔡其矫诗选》等）

仙　字　岩

四千年前高辛遗迹
巫师创作
原始的艺术文字
好像雷电沉入夜心
已经太久静寂

裸体的古闽人
在临河岩壁上
铭刻的是武功？是文治？
是对故国的追思？
象形的奥妙难猜测
石崖旋转出神秘语言
吸引每日夕照
枯干望雨季
等待新的解释

也许是记载纣王的逼害
诉说先人的迁徙流离
变血泪为铜刀
把罪魁祸首刻在崖石
那暴君骄横形象
飞张的须发
瞪视山野的圆眼睛
瞳仁冰冷
踞坐傲视一切

两臂左右平伸
目测滨海
在新居地以耜勤耕
上有神人施雨
以羊为图腾
刀斧不再用于出征
歌舞庆祝丰收之际
犹记故国怎样丧失

绘画书刻的地方
也许有上古部落的园林
峭壁是纪念碑
从前也有云绕苍松翠柏
一派青山绿水
野火过后

千树风声早已寂灭
废了的古航道
汰河浅浅谱不成歌
飞瀑哪里去了？
梭船在何方？
潭成石滩
童山在思考什么？

读万年回声
文字成了冰裹的泪
成了眈眈眼神
也许是对现在的谴责
也许是绝响
也许是皱眉
裸露荒野
立碑建亭潇洒不起来
晒着老太阳
呼吸西北风
兀立千古的沉思
哪里去寻朝露？

1988 年

（收入《蔡其矫诗歌回廊·翠鸟》）

何朝宗的瓷塑观音

神话里的玉石冰雪
使心燃烧的形体
如歌的眼神
因为认识太多苦难
所以脚踏翻腾的海浪
用天长地久的无边慈悲
笼盖尘世的梦

1988 年

（收入《蔡其矫诗歌回廊·南曲》）

怀 念

孤独寂寞时就想你
想你永恒的仁慈永恒的美
如一束束彩色缤纷的烟火
照耀我半生

想你碧玉白鹤的形影
风把你一绺秀发吹开
露出明澈双目
初醒的柔波美艳如哀愁

想你的动人在不可捉摸的娇媚中
在漂亮的灵敏中
每个细枝末节都十分生动
在我心上留下华美青春

你温柔的手

抚平我命运的创伤，心上的刻痕
只有你心中藏着我的当年
你和诗同在

我开花为你
辉煌为你
也许你就是我心中的皇后
朝思暮想读你眼睛

到那一天，这团冰雪
这团黎明的锦缎
经过不可说劫的磨洗
你窈窕皎洁依旧

1988年

（收入《蔡其矫诗歌回廊·风中玫瑰》）

偶　遇

年轻的身影步向巅顶
在平台溅起的云中
跳起心爱迪斯科
花枝在梦中飞舞
青春翠绿的宝石
在心灵节奏中辉煌

飞波流霞的眼神
顾盼之中恣意狂妄
让她大胆地炫耀吧
赏心悦目是那笑容
销魂问家住远近
让风掀开春天帘幕

1988 年

（收入《蔡其矫诗歌回廊·风中玫瑰》）

马 缨 花

早听说山野的热恋
原来又如此艳丽

向天地展示激情
是我一生梦寐

园中的春花万朵
只寻求浑圆的手和微笑的唇

静静地端详你
在夕阳近山的黄昏

只求瞬间的爱怜
从心到肌肤

命运的风吹我何方
只滞留未完的梦

1988 年

（收入《蔡其矫诗歌回廊·风中玫瑰》）

西　嫫

感谢那个伊犁人
他帮助我发现一个世界
接纳一切又被一切接纳
深情厚意在美感之上

寒冬的梦
解开生命的忧伤，灵魂的抑悒
体验人世的欢欣，欲望的神圣
生活的召唤真是无穷无尽

永远梦想开花的心
从生命走进生命
越过落日烟障
黑夜流入我眼睛

1988 年

（收入《蔡其矫诗歌回廊·风中玫瑰》）

⊙ 1989 年

朋　　友

日子过去
情谊长存
哪怕疑问在岁月中时时响起
深藏不露的心脉
总在无端的喜悦里开花
暗暗涌动如江河不歇的生命
传递神性的追求
一如大地的长青

1989 年 1 月 21 日

（收入《倾诉》）

小　　街

飘扬女性的旗帜——
垂肩长发流水行云
在正午的光柱下
你漾动的笑痕
有和弦的市声
记忆河流这朵浪花
快乐长住的眸子
是我信赖恋慕的星

1989 年 2 月 7 日
（收入《倾诉》）

护诗女神

养育诗人的是时代
护卫诗人的是女神

经过开满相思黄花的斜径
生命已由丰满走向凋零
即使身临荒草凄迷的陌路
犹在索求无止境的欢情

无论坠落或者超升
都是生命给我全部的爱
愿做随风飘送的蒲公英
不留惶惑迟疑的脚印

厌倦把灵魂紧裹的世界
用孤独款待自己
即使有被弃置的命运

也胜过被弃置的心

思维和动作逐渐迟钝
只有感情锐利如初
花的魂魄死在离枝之前
让我在丧失和获得中间奋争

1989 年 3 月 16 日
（收入《倾诉》）

幻　想

向我眏眼睛
一串无法抗拒的诱惑
带霜的葡萄光艳夺人

感情从深渊中浮起
苦苦等待甚至忘掉时间
夜已深
瞬间的热焰如过眼云烟
生活就是这样不幸

我懂得人生吗
我懂得自己吗
醉梦的月光
洒下一地的忧思
在人影朦胧的空街

再见，幻想
永别了，白菊

1989 年 3 月 30 日

梨花坞

消逝而后复现的山门
是兴是灭都神圣
对彷徨的灵魂奉献
纷争与你何干

否定所谓庄严业绩
和大自然同心怜悯一切
伟大就是空虚
平凡则需万物

人生的种种极致
莫过于心的自由超越
做一个体现自然的常人
成就你丰美果实

1989年4月1日

雅鲁藏布江

热风自峡谷吹来，浊浪如雪
载重车经高路缓行
鹰在身下盘翔好像凝止
所有的山裸露似铁
江边却有千年古松雄立

用风雪衣蒙头
火般阳光烧得小腿红紫
远处山尖却照耀积雪
满眼是冷热参差
一路都无人迹

说这是世界屋脊
却流动吓人的黄水
一点也不滋润
永恒和无限原来是
万古不绝的变异

1989 年

（收入《蔡其矫诗选》等）

德化双流瀑布

远看青霭中的层峦叠嶂
闪烁丝绸的巨幅千丈
下界尽是浮烟如海
半落叶的枫树老迈明艳
青绿的新株朦胧入梦

斜壁千道流泉
绝崖白练鸣空
一前一后互相辉映
一东一西风貌不同

玉帘飘忽
串串连环坠落天半
势如飞舟裹白浪
银毯闪亮
泡沫泻壁旋转为奔马

风吹灵水乐声低昂

携手共看星宿之花
黑眼睛吹奏云间笛音
天涯游子等待甜甜的雾
浮生的晴阴此刻散尽
欢乐歌声是这瀑布
欢乐的颜色是你的红唇

蓝蓝身影手持黄野菊
有岁暮轻柔的芳馨
领我到生命源头
打开天门曙色
扩展诗的星辰
让亲昵之情长驻
让飞翔的水永远年轻

1989 年

（收入《蔡其矫诗选》等）

金 茶 花

传闻中的琥珀色泽
难以求索的紧闭芬芳
与你去追寻幻梦

山上风雨，夜色逼人
饮你如密云中月光饮海
错愕间你不相信
雨雾漠然转身

对你是新醅初酿
本该一饮而尽
对我是遥夜重返
迟迟不敢举杯

多少空芜的等待
多少幻想的期盼

你应该觉察
这是唯一的真

雨润烟浓的归路上
大明山一去不返
金殿上那枝金茶花
因此辉煌光尘中

1989 年

（收入《蔡其矫诗选》等）

大 青 树

接云的绿色生命
似乎代表天体
又代表大地

须根张在天地间的琴弦
有巨风和激浪的旋律
似狂歌，又似欢笑

威风凛凛的南国之王
有一种伟岸
又有一种深沉的冲动

那昂扬的气概
谦和的姿态
使人类得到净化和增强

我们浸润在这爱情中
任何世纪都能
起死回生

1989 年

（收入《蔡其矫诗选》等）

在芒市

花木葱茏的地方
黑夜成了光明的思念
在相遇之前
一定谁都曾企望

寻找原来的自己
什么幻梦我都相信
即使雾散后
只留背影

感情如水又如酒
有火也有冰
成长的意义是周体纹身
爱过恨过都一样

月色距我咫尺

却终于只是传说
无法尽兴的人生
转眼便隔天涯

1989 年

（收入《蔡其矫诗选》等）

柚子花香

无声的乐曲悠扬
引人眷顾引人追思
也许有一片浓郁惆怅
密叶里向我凝视

阵阵闪光的香雾
使人清醒使人迷惘
疑心是胸脯上的热气息
细润绵长的爱之风

最泛滥的情感在此刻
心是既幽暗又明亮
和月光一样潇洒
和夜色一样沉重

1989 年

（收入《蔡其矫诗选》等）

素　馨

一曲甜美的傣家调
一缕使月陶醉的暖香
细弱如珊瑚的影子
枝条在水里漾动

一股喷涌不息的热泉
水灵似一声横笛
是星月迷茫下的笑靥
有永恒透明的流盼

与筒裙一起轻舞
与秀发同样迷幻
是漫天撒下的夏雪
平息旅人的烈焰

1989 年

（收入《蔡其矫诗选》等）

腾冲翡翠

用玉石铺筑巷道
已是久远的谈论
经历战火狂风吹扫
遗迹哪里去寻?

一队队马帮穿梭密林
运你如盐如铁
却也有价值连城
一股绿色的经营浪潮
席卷边境乡镇
浮沉无常
照耀之后长期敛光
沉默既久又要萌动

让你闪烁在秀发，细肩，纤指
是照进山林的夜月

梦里飘飞的绿萤
含泪的笑影
无须启口的爱之凝视

让你迷幻在柔丽玉腕
可以触摸的美丽
温润的秋水
水色如泉清澈
与体香同摇曳
与微笑共发声

1989 年

（收入《蔡其矫诗选》等）

瑞　丽

和风吹抚南国的骄阳
一切生命都成奇观
无穷无际凤尾竹
阡陌相连的广大耕野
日日都有欢欣晚霞
和愉快晨光

坠落的花瓣似流星
与摇曳的竹影同飘舞
香气夜色一样浓酽
蓊郁的黑暗反衬月光
又深又亮的幽静
有一种甜蜜的痛楚

不留姓氏的谦虚民族
清贫使感情富有

生在人性与宗教的摇篮
养育众多和善信徒
人类精神的返航
以天上的梦滋养生活

铓锣和象脚鼓
弯着腰身轮番甩手
单调的舞步
却呈现一颗颗虔诚的心
为神灵而愉悦的脸
每一停顿都发出欢呼

1989 年

（收入《蔡其矫诗选》等）

西双版纳

缅寺在碧森中隐现
寂静的光明笼罩万物
清心的和平浸润一切
唤起人敬奉神明

广袤边地一片净土
信仰平等的家园
大西南之绿星
谱写心灵美的歌

吐气清雅的女子
为自由和爱情而生的面庞
在插花的发髻上
有一轮光圈在头顶

成群少女比肩走过

总对人嫣然一笑
步履带着舞蹈的韵致
飘动的筒裙似有乐声

世界上最爱笑的姑娘
紫外线使她格外辉煌
紧身细袖勾出优美身段
雍容华贵而又纯洁欢畅

1989 年

（收入《蔡其矫诗选》等）

矿　泉　水

波浪从水下沸腾
是梅花带雪在震颤
盛在玻璃瓶中
又是柳絮缠绕青烟

人已经走到
另一段光明的门槛
从众多的发现中
返归纯真的自然

1989 年

（收入《蔡其矫诗歌回廊·翠鸟》）

勐仑植物园

绿树白花在静夜闪烁
满园郁香没人分享
没有修长的手扶在横干
没有火热面颊烘暖夜气

多少次物换星移
只是我未能忘记
那井台上泼水纤足
那高背椅上头仰发垂

爱情忽视空间时间
别的都庸庸碌碌
在多种生命形态之中
任何神明都不如你

只因忘年之交

我的思念便朝朝暮暮
蹉跎岁月无数别离
都在谦卑中一一度过

1989 年

（首发于《厦门文学》1989 年 11 月—12 月合刊，后收入《蔡其矫诗歌回廊·风中玫瑰》）

邂　　逅

配合你的舞步
受你气息的吹拂
我感到你是丰满莲花
在夏日风中摇曳

最美的相逢没在黑夜
缘分总是来得太迟
若命运让我们擦肩而过
已不复相识

1989 年

亚热带雨林

笑脸迎人的大自然
永不衰竭的爱
献一片碧透的园林
青蓝的世界
如烟波升腾的树木
像梦境那样展开

林上正春雨淅沥
树下却如晴日黄昏
飞鸟舞动垂萌的长发
落花飘自黛色光晕
云雾缠绕高处
弹性山径诉说欢欣

老藤像醉了的巨龙
忽起忽落在众木纵横

空中的寄生草
应和粘青苔的枝叶奏鸣
灵魂向往的乐声
在潮湿芬芳中销魂

泅泳时间的长河
看尽人间变乱
经无数的伟大创举
原始的美逐渐发现
追寻真理的众多道路
最终都归向自然

1989 年

⊙ **1990年**

送我一片燃烧的云

夜云笼盖橡树之梦
梦里飘过山花的芬芳
平静缓缓滴落
自那垂幕的海洋

杏子明眸向我举杯
年轻天空倾注古老大地
银铃歌声
如花瓣开启

四顾生命的河流
已不知道有多少曲折
生活和诗
永远存在吸引和距离

温柔婉转的一刻
绵亘我的生命
随风吹送蒲公英
思念遥远山林

1990 年 1 月 17 日
（收入《倾诉》等）

暖　风

沉思生命的神秘
冥想一梦之遥的追寻
朝向天长地久的星
诉说心路历程

在灵境那头
传来季节的呼声
存在心中的那些感情
包容一切的崇高与卑微
无视生活中的墙
无视存在的再无空隙
再无去路
舞蹈出千种姿态
真理也有千副面孔

唯有一无所求

目光只是单纯凝视
大自然的含蓄
永远的花期

1990 年 2 月 9 日
（收入《倾诉》等）

聆听回音

山间的冬日多么光明
人面有星芒月痕
看你跃上峡谷岩泉
看你一身的纯真
青春似雨
落叶归心

宛如一阵闪光的雾
漫天撒下温馨
似曾相识的纤细
蓝色映照清澈瞳仁

还世界给人
还人给自身
迷恋不可能的事物
所有少女都接近神性

留有余地接受远近
把红叶当作问候的信
愿重来春日
聆听遥远回音

1990年2月10日
（收入《倾诉》等）

偶　然

迎风的丁香
与浴雪的松枝
不是偶然相遇
便终身不识

在雷电交会中
不知人生有几次感应
于聚会之前
等待就是爱的名字

1990 年 2 月 11 日
（收入《倾诉》等）

潮 与 汐

海边的黄花似锦
脚印混合在夏日路上
对天涯萌发春心
却又隐藏欲望
为了感觉的至善至美
为了自由的永生
而深信重逢

既有早先的承诺
来在寒冷的地方做客
等待的心风雨来侵
泯灭所有的细节
沉淀为忧伤的认识
向因袭屈服难以追溯
唯有顺从潮汐

1990 年 2 月 14 日

（收入《倾诉》等）

一场梦未能进行

凭感觉去摸索生命
一切都不掩饰
伟大的神秘
是未享受的尘世至乐

有一场梦未能进行
感到相亲便心满意足
不堕入生活的爱
有如季节循环
总是这样，只能这样
神性走在人性前头

空灵思忆在内心出入
庙堂常受瞻仰
自由围绕着感情
生命可以在这里达到神化

人生短暂，人生珍贵
未知之境永远存在
美胜过真实

1990 年 2 月 15 日

（收入《倾诉》等）

卷浪的风

强劲而又温柔的浪风
一团团从海面升起
卷我进大海和云天的轰鸣
卷我进水珠的灵境

那时我迷乱
被岸上黄花醉倒
那个挨我最近的人
躺在绿草上
被树隙的阳光照出
两弯眉月中
深情的星

1990年3月7日
（收入《倾诉》等）

阳　光

带着热情的形象飘落
夏日一样轻盈
太阳的花瓣
梦里闪亮的钟声
给我怜惜，给我振奋

沐浴在你目光雨中
对尘世萌发信心
年代的焰火
伸入更大的灵魂
有如提琴寻求委身

1990年5月25日
（收入《倾诉》等）

致　女　友

从你如梦的眼睛
我窥见那最初花枝
未曾盛开便作长别
把周围染成黑色

地久天长星辰的痛苦
不能在辽阔宇宙畅快呼吸
自暗空的灌木丛纷纷坠下
那些飞鸽是哀伤的玫瑰

1990 年 5 月，南平

注　视

红莲在空灵中凝露
点滴都脉脉温存
有一种肃穆的期待
正在光明中浸润
也许心里藏着蝴蝶
眼前飘飞着风筝

1990 年 6 月 9 日

（收入《倾诉》）

蔚蓝的星

在天际缓缓移动
在群星中时常隐藏
忽而穿云破雾
凝望大地
在空蒙怀抱中
呼唤人性的芬芳

心灵向往歌声
却又曾经沉默
有一种不能启口的爱
埋伏千种感情
只有波浪能够理解
静听无始无终

1990 年 6 月 26 日

（收入《倾诉》）

百　合　花

强健茎叶上娇嫩的花
一团团金色银色的焰火

把热浪举向云空
跳跃在瑟瑟的风中

为了强忍欢愉
大理石噙着泪水

寂静在移动
光明刺穿墙壁

别让香魂消逝如梦
带它到要去的地方

1990 年 7 月 11 日

（收入《倾诉》）

泼 水 节

超前的夏季
一年中最后的晴朗
充满爱情的大地节日
所有少女都成神祇
所有胴体全怀春心
从干燥到潮湿
仿佛淋过一阵细雨
所有娇嫩之花
都染上火红火绿的艳情

飞翔的水散出雾光
肉色在青草地上飞扬
胴体的花淋湿之后
一朵朵曼妙无比
细读那裹身的黄衣
和紧贴的筒裙

成熟曲线

麋鹿般纤细

东方华彩胜过天然宝石

1990 年

（首发于《人民文学》1991 年 5 月号，后收入《蔡其矫诗选》等）

孤独一年

乌云借着暴风的势力
把满天的星斗扫尽
红惨绿暗的暮春
波涛在屈辱中噤声

灵魂穿越边境
星星在世界漂泊
焰火喷发为巨大问号
向枝叶花果泣别

1990 年

（收入《蔡其矫诗选》等）

闽江水口

福建内陆的咽喉
滩声转变为深沉语言
一段流程写尽人生
仿佛是水晶抚慰烈焰

一串银色礼物
因“十年浩劫”而黯淡
今天它在梦中呼唤
那上升的河川

解开一袭袭青黛衣衫
展露光华夺目的胴体
可改革初期的困难
笑容只能保持三天

我们面对的不是沉闷的旧雨

而是愈走愈远的新风
为世界的液汁陶醉
能经受千万种疼痛

1990 年

（收入《蔡其矫诗选》等）

百　合　园

夏娃被逐出乐园，从她的泪滴地上长出百合花，证明她纯洁无罪。

——《圣经》

有众树保持湿润
有高坡挡住风霜
世界各式的百合花
从未见过的华彩
如偃卧的霓虹
在翠微上下骚动
天国的光晕
纯情的月亮
宝石溅出红白火花
阳光的残片为风摇震

稠密雨点洒在鲜丽亮唇

饮尽大地的芬芳
从未见过的美
有什么蓦然忧思
在心头涌现热泪
无怨的女魂
为爱情的深沉俯身
心境天使般明净
无形笑声山鸣谷应
打扮六月黯淡的时辰

1990 年

（首发于《人民文学》1991 年 5 月号，后收入《蔡其矫诗选》等）

颂母校培元

你的楼屋充满回声
树木都成了华盖
有如青春时期的花园
开放的玫瑰至今不败

你的泥土培育果实
清水将心灵灌溉
已是人生的一个海港
驶出的风帆走遍世界

1990 年

（收入《蔡其矫诗选》等）

⊙ **1991年**

澜　沧　江

高原的河
从北向南切割横断山脉
两个古大陆的接合线
山地以外平坝肥美
曾经布满大森林
太多的农场清除一切
又回到史前的寂寞

焦木躺在陡坡上
风吹干沙飞扬成烟
青色红色的礁岩
旱地之竹无荫
鸟迷途失散
再也没有蓝孔雀
历史出现新的空白

谁不喜欢三月的春水
眼前只有急流漩涡
滚成斑斓夺目的黄蟒
难过河电站下
两条蟒滚成一条龙
船上溯相持不下
水手跳上岸使用绞盘
艰难在山风浊流中寸步前进

沿江没有码头
轮胎成为上岸浮水工具
静听天际肃穆的沉默
沉默中流浪
计算将来的明朗时辰
旅人无法读懂细节

静看浪峰涛谷的消殒
旅程充满陌生
温暖的色调无从立足
诗意化为乌有
生命经不起再度浪费
心中光明不许背叛
失望成为记忆

1991 年

（首发于《人民文学》1991 年 5 月号）

天　鹅　洞

受伤天鹅匍伏成山
终了都未发一声哀鸣
只在冥冥中苦心孕育
光芒四射的梦境

明代就已发现
志书早有命名
那时以为藏有佛经
世乱又使它湮没无闻

直到近年
看柑橘儿童避雨从树上跌落
洞府在睡眠中惊醒
一时竟是满天金星

蝙蝠和寂静的居所

门道只有细柱支撑
上悬短短垂幕
两旁古松参天

那创造美的坚强水滴
至今犹闪烁穴顶
华饰吊灯无数
照亮深远的迷宫

光洁如镜的水池
倒影异常清晰
虚无缥缈的梦幻
在这里却纤毫毕现

悬挂的瀑布溅起白浪
烘托出百褶裙的水母
跃起的海豚
探脑的华南虎

一切都是美的片段
一切都幽深莫测
如烟升起的宫殿
繁星密布的森林

高烧的蜡烛还未燃尽

辉耀庄严佛堂
观音的座位空着
她已身赴人间

巨钟无须敲打
风过就自动轰鸣
所有物象都在发散
灼热生命的余烬

大理石铺成的阶梯
拼出的色块悦目赏心
引我纵升层层楼阁
看一个个神奇大厅

迂回曲折的廊道
展览东方故事的雕群
也许其中有我等太久的
隐匿在雾里的情人

全体形象单纯素净
近似扬州八怪的画风
没有真相却有真魂
道出黄慎故乡的个性

（1991年10月）

客家祖地石壁

古时候
这里是南来北往的咽喉
几条水源头的百里盆地
曾有美丽茂密的森林
高处看如玉石的巨大屏障
唐代称之为石壁

历史长河掀起多次巨澜
把一批批中原迁客送来
休养生息后继续向南
族谱上都写明这是祖地
与北方外侵杀戮的剩余者
都在洪洞县大槐树下受发配
成为灾难深重民族两块纪念碑

客家名称始自唐

客家和客家文化形成在石壁
但历史既是伟大的创造者
又是伟大的破坏者
元末建成包容百家姓的千家围
如今又在哪里？

故土在大地上黯淡
不肯屈服者另辟航线
蒲公英的种子飞越国境
黄花开在遥远的天边
五千万子民遍及半个亚洲
让许多海岛盛开中原牡丹

正如苦味的黄连可以明目
开辟的艰辛拓宽了胸怀
什么风来都张臂迎接
不放过任何机缘
不浪费一滴眼泪
拥抱一次次神圣照临
向世界展示中原的坚韧

远亲向祖地传来信息
有关客家论著三百部
从很深很深的过去
一脉热血贯穿到底

义不帝秦的反叛情绪
产生过伟大的统帅、将领
革命家、总统和诗人

死亡必有纪念
失败激发雄心
绝不株守平安的旧巢
心中怒放大海强壮花朵
勇于开拓和创业
胜利了也决不停止

宇宙的认识日益深化
唯物主义也造过神
客家的神在石壁
如今尚在筚路蓝缕
连飞来的喜鹊也在叹息

（1991 年 10 月）

翠江之夜

喧嚣的白昼匿迹
凉意降落在铺道上
新楼挂灯的网络
一串串丁香朦朦胧胧

反光在水中欢跃
碧波沉入夜心
黯淡迷雾繁花灼灼
何处在酝酿春讯

发人深省的夜
未来凄切的憧憬
只求少些噪音
多些光明

生命在辽阔梦乡

暗中仅存点点星光
依旧银河般遥远
天国般迷茫

（1991 年 10 月）

最后的温柔

午夜发光的玫瑰
和金星相交的手臂
把白雪的心
化成春日泉水

捧惯鸽子的手
接触轻细
呼气的眩晕
如在梦乡温柔处

尚未爆发的火山
不能停泊的湖
接近天使比接近魔鬼
更为障碍所不许

生命存在许多神秘

瞬间引导我超越自己
秋天向你说声再见
聚会是为了分离

（1991 年 10 月）

西　际　乡

山川清秀如故
生活却进入另一新天
弥漫富裕的寂静
看低世外桃源

眼底层林连天浩渺
橘树杉树如云烟
心思同绿雾翻腾
热爱升起新帆

天人合作的信念
在时日锻打中确认
无限空间所有途径
暂时只凭绿色取胜

不看果实累累

不念日子都在开始
人功造化携手
奋斗才接近真理

向现实一切可能性伸展
群山像不易解开的迷幻
只有看似达不到的
才值得魂系梦牵

（1991 年 10 月）

暴风雨中万木林

风水林的松柏老去
转换为阔叶杂木森森
几十里的古藤巨树
野果高悬
落叶铺陈
为什么此刻一片混沌
大地沉默
风雨雷鸣？

冲击岩石的大浪
冬天南迁候鸟的叫嚷
宗教狂信者的呼喊
战阵的喧声
山灵在愤怒中飞奔
苍天为一曲哀歌哭泣

忘我的魂魄
怎能认清不理解的痛苦
为那百鸟在林的华年
在说与不说之间
裸露的孤独
无法宣泄的激情
都如夜色一样浓酽

千缕的情思淋漓
已错过春天的花枝
举笔时流泪
为了无缘再会

1991 年

（首发于《人民文学》1991 年 5 月号，后收入《蔡其矫诗选》等）

诗的扬州

读过杜牧三首扬州的诗
后人都为它心荡神移
二十四桥的明月夜
竹西路外的歌吹
春风十里路上的珠帘
都像海市蜃楼
让人着迷

无非是南北水陆要冲
璀璨的物质光华
创造了女性的歌舞
才使帝王流连
商贾挥霍
文人纸迷金醉

一篇春江花月夜

含盖了全部唐诗
花伴少女
月有笙歌的浮载
才那么勾魂摄魄
海潮和江流的辉耀
夜更神秘

一切来自人的天性
弄晴作雨的春风
衣香倩影在明月桥上
遍布水廓帆樯的莺歌燕语
诗人才挥毫万字
一饮千钟

诗歌的声名牵引游客
虽有屡次征战
厮杀之后一片废墟
有了海盐和铜山
几度荒芜又几度繁荣
运河功绩从未泯灭
扬州依然是江北明星

1991 年

（首发于《黄河诗报》1991 年第 6 期，后收入《蔡其矫诗选》等）

风雨黄鹤楼

九霄的宫殿
在雨中飞空出云
纷纷游客都成流烟
雷声震撼，远空无色
长江在天上横卧
汉水在雾中深藏

多次毁掉又多次重建
有如人民心中巍峨的火焰
迸溅出崇高的喷泉
千古江山第一楼
有多少永恒的秘密
在暗中演变

世间未见黄色的鹤
楼名本来自地名黄鹄矶

（天鹅古称黄鹄）
为什么后来鹄变成鹤
是不是东方神话的精灵
更能体现民族的感情

费祎是三国蜀臣
为什么在这里骑鹤登天
吕洞宾是失意文人
为什么来楼前播弄笛声
难道英雄俊杰的末路
都成神仙

为什么崔颢有诗李白搁笔
是敬才高风千年一人
此楼无他专题的诗
算不算是个遗憾

1991 年

（收入《蔡其矫诗选》等）

雾罩滕王阁

步上残雨轻掠的台阶
朦胧中倾斜着飞檐翘脊
往上好像浮在云顶
向下似乎看不见平地

雾气飘浮层楼
流飞的烟似幕布垂拂
赣江尚见几条机船
西山已被四合云气关闭

清新之爱的慷慨给予者
古老而常青的大地
造就了多少文人
写下多少动人的诗

王勃一篇序

使王侯歌舞地不朽
一千三百年中
已经二十八番生死

一样的天，一样的水
敢言无畏的后生在哪里
唐风宋式的新建筑
晚唱比古调总不如

1991 年

（收入《蔡其矫诗选》等）

烟波岳阳楼

南来的潇湘雨
痛痛快快洗刷了一切
牌坊，亭台，楼阁
都化成非人间的轻盈
闪着金光的盔顶
似欲凌空飞去

大地在湖面浮现
城楼在上，云水在下
雨帘辗开泼墨画
远山不见，近山似烟
浮天剩雾看作水波
拍岸涛声如湘灵鼓瑟

范仲淹淋漓的笔
安慰不了忧患的心

纵使八百里气象注胸中
也忘不了十年的荒唐
名楼胜迹受批判
水天躲不开风鞭雨箭

君山在茫茫处
如云又似梦
流传多少美丽故事
仍擦不掉千年斑竹泪
一座楼，两亭阁
又何止毁灭过三十遍

1991 年

（收入《蔡其矫诗选》等）

波　动

蓝水为什么喧哗
锦缎为什么激荡
岛屿左右摇摆
云天倾斜着入海
金红色的波涛
把人从低处抛上去
又从高处掷下来

有如飞奔的时代
千载难逢的一吻
飞翔在恍惚之中出现
时间的幕布漫天飞舞
梦局戛然中断
天真的希望裂为碎片

战栗中惊心

历尽汹涌与压抑
哪里尚存激情
哪里就有彷徨失望

悖信时日未知结果
何处能获得真实
无法传达的信息
被岁月沉淀
以梦境滋养生活
一种融化悄悄来到
从感伤的深渊中浮起

1991 年

（收入《蔡其矫诗选》等）

巨 浪

似乎是大洋的白鲸
摆脱天罗地网
横空出游
又拨弄云涛
发出阵阵呼啸
无数钻石抛向高空

闪电自海底穿出
欢欣的水白得透明
涌起，再涌起
把自由的渴望书写出来
向高天不断嚎叫
世界被浪声占领

风浪中摇晃的船只
一头扎入险境

灯塔闪着寒雪掠过
一丛丛的美丽都是倏忽而来
倏忽而逝

风拍击作响
大片涟漪滑翔
从船舷跃起后横扫
水珠在脸上有如泪痕
这时候的笑是真正的笑
这时候的哭是真正的哭

1991 年

（首发于香港《文汇报》1995 年 2 月 19 日，后收入《蔡其矫诗选》等）

竹 筏

染黛泼蓝的水长流
生命的脉搏虽不显露
可一股欢愉思潮
如神奇的音乐乘风飞舞
呵护这一片嫩黄梦羽

涉江的芙蓉
温柔的形影慢慢游来
又终于渐去渐渺
美的需求如夜雪消融
那点暖意则难以湮开

1991 年

（首发于《当代诗坛》1992 年第 13 期，后收入《蔡其矫诗选》等）

静　　溪

频送秋波的清流
低回的爱有人认识
若有所思的明眸
缀几滴幸福的泪

是热恋不是尊敬
有如水莲站立阴影里
没有一根心弦
能回答这种战栗

一首回旋的歌
印上爱与信仰的痕迹
也许透明的东西
都有太强的诱惑力

不因为有荆棘

而无视娇嫩花枝
理想中的无污染梦境
应是这抒情之水

1991 年

（收入《蔡其矫诗选》等）

客家妹子

初试新舵的雏鸟
慌乱中如纸鸢斜飞
犹是殷勤笑意
杏子明眸向我举杯

浪花磨光的卵石
唇上月亮般光洁
散出槐花清香
秀发向未来飘垂

未曾出世的童真
一池春水贮满深情
也许是莲瓣痴痴绽放
也许是早星看望夕阳

不使世界寂寞

有你常在的涟漪
不使生活枯燥
有你火焰般水滴

1991 年

（收入《蔡其矫诗选》等）

福　　安

长溪的中游
富春的金枝
忘年诗友
借来酒乡茶女情绪
在绿竹弯成的天幕下
观菊瓣在重荫暗舞
节令迟了一步
梧桐才见秋色

忆念甜酒香茶的山川
都说仙岭有佛光
为了谁
卵石滩上飘起荻花梦
为了谁
溪上长桥俯览温柔水
穿过摇摆的树冠

惊觉绿光的波浪

幸运保留的樟树林
一株株老态龙钟
强壮的枝柯强壮的灵魂
覆盖绝妙的宁静
为明净的绿烟漂洗
一个永恒深邃的象征
为了谁
重新思考芳草和青春

残缺的自由不是自由
青年在询问诗神的门牌号
看橙红的雾霭中
斜阳把野菊照亮
涨潮后平滑的水面
落日在江中幻出万星晃动
流浪的风随潮来潮去
海在近旁

1991 年

（收入《蔡其矫诗选》）

舞　女

一朵朵血红的玫瑰
以微风的脚步和小雨的轻盈
走向白浪兼天的沙丘
起舞如流水行云

闭合如灿烂的贝壳
散发海洋气息的光芒
个个像透明灯罩
一曲落日之歌

眉宇间荡漾金色烟云
乌黑目光里却只有彷徨
匆匆飞逝的黯淡流星
晚归的鸟何处栖息

不热烈的掌声从座上升起

不友好的目光叫人屏息
幽谷青草备受冷遇
旅途永远是愁苦的霜雪

1991年

（收入《蔡其矫诗选》）

歌　女

一朵白莲，在晴日水中开放
银亮的心发出金丝雀的啭鸣

那心是光中之光如早霞辉煌
是阴影中的阴影在子夜星云

是一切深渊中的深渊，灵魂
在无怨无艾的时刻也爱也恨

人生是原上草爱是草上露珠
恨如霜如雪如风如无尽荒芜

太多热情已磨损漂泊者的心
爱已无声地告别同群星飞升

白莲的芬芳流入阴云下花圃
沦落者哀歌在溢满回声的天宇

1991 年

（收入《蔡其矫诗选》）

号　手

小号圆润的声音
在追赶天边金色的云
黄昏中那道最后的亮光
给流水带来几分惆怅

从沼泽地飞起一只白鸥
鼓翼掠过暗淡的丛林
仿佛以无声的呼喊
牵动一缕深深的忧伤

今夜河上的劲风
将震颤年轻的树枝
并摇晃怀乡的船
一路陪伴没有港口的航行

阴沉冰冷的浪花

为爱情的消失哀哭
一声长号的尾音
引起山谷久久回应

1991 年

（收入《蔡其矫诗选》等）

鼓　手

做一个追逐海平线的梦想者
在潮汐节奏的律动中
以强壮的心弦喊出热望

天空在沉静中旋转
忧伤烟云也能掀起波浪
纷纷投向幽暗吹出的光芒

柑橘的歌对着寒雪哭泣
希望冻伤
旧疤隐隐作痛

眼泪不能堵住杀风
心中的潮水将涌向何处
只有孤独，只有豪放

1991 年

（首发于香港《文汇报》1995 年 2 月 19 日，后收入《蔡其矫诗选》等）

摇滚歌手

不怕声音粗糙
把心掏出来倾诉

在舞台上翻滚
在幕布下受煎熬

饱经沧桑的目光
独自狂笑，独自凄凉

发自内心的嚎叫
使人泪下，使人发疯

奔涌浮动的云层
遮住一条条道路

心灵注定这样的经历：
给埋在地下的花一个梦！

1991 年

（收入《蔡其矫诗选》）

对　话

这几年你怎样过来的？
希望、失望，希望、失望。
请问你关心什么？
不拥挤的旅行。
这世上你最喜欢什么？
绿山和清水，生活中少有的一切。
你记得过去吗？
记得，一次次暴风雨
淋得像落汤鸡。
你害怕死吗？
不，在没有看到光明，
我不想坟墓。

1991 年

（收入《蔡其矫诗选》）

三明栲树林

三县接合部
绿色宝库的中心
在紫色和暗红色土壤上
三百年前抛荒的竹山
生长出格氏栲天然林
形成一千二百亩的独特树海
在僻静中铺开
在期待里列队站立

世界极珍贵的树种
全球大约十万株
这里占过半
常绿阔叶的大乔木
林中的伟男子
树干通直三十米
又爱生连理枝

以翠裙的波涛覆盖山野

高冈大谷中深林密箐
遮天蔽日
树塔耸立巨藤斜飞
好似从云天中泼出
灵魂挚爱的清新大气
闪耀深沉的祖母绿
自由返朴归真
云梦在淡蓝色中踯躅

在难求的际会中
该萌起历史的良心
无动于衷的一味索取
破坏罪行到处猖狂
毫无根据的砍伐
谁给的权利？
呼声久无回应
如今再不退让

已经投入建设森林公园
可还得小心
罕见财富不可思议的完整
也会在热心者手上遇难
每种建设都有战争

也会在自然的深处进行
人工杀害造化并不自觉
而美即自然

撇开平淡追逐新奇
是最不自然的东西
过多的洋灰刺目
弄巧成拙损伤了美
错误的发展
也会阻碍科学研究
大自然愤怒日深
谁敢再充当罪魁恶首?!

风景的起源
是人要寻找旧梦
亲近自然，热爱万物
人天合一是最佳理想
森林的存在使太阳温柔
只有忧患时候才认识
对自然秩序的博爱之情
是人对生命的彻悟

开创一个属于自己的天地
让森林和阳光地带并存
留下清溪在翠绿地方

森林是河流的母亲
它替我们保持永恒新鲜
以持久的美，不朽的气息
渗入我们的灵魂
向未知前进

1991年

（收入《蔡其矫诗歌回廊·翠鸟》）